"真正有气质的淑女，从不炫耀她所拥有的一切，她不告诉人她读过什么书,去过什么地方,有多少件衣服,买过什么珠宝,因为她没有自卑感。"

　　一个生命力强悍的人，只要运气不算太差，总会遇到她理想的爱情，过上她理想的生活。

繁华落尽，素心不改

做一个优雅从容的女子

慕容素衣 著

红旗出版社　博集天卷 CS-BOOKY

图书在版编目（CIP）数据

繁华落尽，素心不改 / 慕容素衣著.
—北京：红旗出版社，2017.7
ISBN 978-7-5051-4216-9

Ⅰ.①繁… Ⅱ.①幕… Ⅲ.①随笔—作品集—中国—当代 Ⅳ.①I267.1

中国版本图书馆CIP数据核字（2017）第136500号

书　　名　繁华落尽，素心不改
著　　者　慕容素衣

出 品 人　高海浩　　　　　　　　　责任编辑　刘险涛　周艳玲
总 监 制　李仁国　　　　　　　　　特约编辑　晋璧东
监　　制　于向勇　秦　青　　　　　策划编辑　岛　岛
出版发行　红旗出版社　　　　　　　地　　址　北京市沙滩北街2号
邮　　编　100727
编 辑 部　010-57274526
E-mail　hongqi1608@126.com
发 行 部　010-57270296
印　　刷　三河市中晟雅豪印务有限公司
开　　本　875毫米×1270毫米　　　1/32
字　　数　150千字　　　　　　　　印　张　8
版　　次　2017年7月北京第1版　　2017年7月河北第1次印刷
书　　号　ISBN 978-7-5051-4216-9　定　价　36.00元

欢迎品牌畅销图书项目合作　　联系电话：010-57274627
凡购本书，如有缺页、倒页、脱页，本社发行部负责调换

不为繁华易素心

"苏老堤边玉一林，六桥风月是知音。任他桃李争欢赏，不为繁华易素心。"

元代诗人冯子振的这首《西湖梅》将梅花的高洁、脱俗写得淋漓尽致，"不为繁华易素心"写的是梅，也是人。

所谓素心者，是朴素之心，是纯洁之心，是恬淡之心，也是我们始终未泯的初心。

这本书里写的正是这样一群怀有素心的女子，她们在时代的夹缝里始终保持其个性、性情和初心，她们或出身寒微，或颠沛流离，可这并不妨碍她们努力经营自己，在岁月的打磨中愈加光彩夺目，幻化成现代众多女性心中的一个符号、一个梦想。

天下的女子何奇多，我为什么会选择书写这二十二位女子的故事？不仅仅因为她们是光彩照人的女神，也不仅仅是因为她们聪慧美丽，更因为她们身上有打动我的特质。这些女子身份悬殊，出身迥异，如果说她们有什么共性的话，那么最大的共性还是"不忘初心"这种特质。

二十世纪初期是一个动荡的时代，在流离中，却有一群纤纤女子，守住了内心的底线和操守，诠释了什么叫优雅和从容。穿越幽深的时光隧道，始终有一束光照在她们身上，循着光去，便抵达了一个时代的精神高度。

人的一生会受到很多考验，所以白居易的诗中才说："周公恐惧流言日，王莽谦恭未篡时。向使当时身先死，一生真伪复谁知。"什么样的人，才有可能经受得起人生的重重考验？我想，只有那些坚守初心的人才能如此。正如这本书中所写的这些人物，她们无论经历过多少世事沉浮、爱恨悲喜，始终都没有动摇过自己的初心。

亦舒的初心是"自爱"，年轻时她那么爱岳华，分手后心痛得夜夜无眠，可也能在知道无法挽回后毅然转身，疯过傻过也痛过之后，她终于活成了自己期待的样子。年少时的锐气和野性一点点褪尽，留下的是云淡风轻、一派从容。

她何以能成为人人敬仰的"师太"？因为她始终把"爱自己"放在第一位。

郭婉莹的初心是"得体"，这位郭家的四小姐、上海的金枝玉叶，一度沦落到住在四面透风的亭子间，可即使住在亭子间里，她仍然会用铁丝在煤火上烤出恰到火候的金黄的吐司面包来。后来重重磨难降临在她身上，夺走了她的房子和家产，唯独没有夺去她的矜贵和得体。她用一生诠释了什么叫真正的"金枝玉叶"。

还有唐瑛的自律、郑念的耿介、李碧华的清醒、梁凤仪的自强、朱梅馥的忠贞……她们都活出了独属于自己的精彩，她们证明了身为女子，不仅可以身段柔软，而且能够风骨凛然。

她们和我们一样，也曾心碎过，也曾为爱放弃过自尊。但碎了的心，她们会一片片拼起来；丢掉的自尊，她们会一点点捡回来。她们从不会让自己死于心碎。

佛教禅宗五祖的弟子神秀和惠能曾经有过一段对话。神秀说："身是菩提树，心如明镜台。时时勤拂拭，莫使惹尘埃。"惠能则辩驳说："菩提本非树，明镜亦非台。本来无一物，何处惹尘埃？"

身为凡夫俗子，我们可能很难达到惠能这样的境界，我们需要做的，就是像神秀一样，时时勤拂拭，与污浊的世相保持一定距离，这样才能做到不染尘埃。就如那湖畔江边的梅花，傲然盛放于红尘浊世中，却能不被风雪摧残，不受繁华诱惑，始终暗香盈盈，洁白如初。

繁华落尽，素心不改

目录

卷二 一切遗憾，皆是成全

卷 三

不念过去，不畏将来

繁华落尽，素心不改

卷一

此心优雅，自在从容

关于爱情，她坚持认为，最可怕的关系就是互相的黏缠，你占有我，我占有你，一百年不许变，而真正好的关系是让彼此都得到自由。

三毛：永远的红尘追梦人

—— 每个女孩心底都住着一个三毛

李安说："每个人心里都有一个玉娇龙。"

我却觉得，每个女孩心底都住着一个三毛。

在年轻的时候，谁不曾盼望着浪迹天涯？谁不曾想过抛开一切，潇潇洒洒去远方？

自从三毛横空出世，有多少女孩走上了模仿她的路——她们穿波西米亚长裙，留中分"黑长直"，背着包到处穷游，走进漫天黄沙里，期待来一场轰轰烈烈的异国艳遇。

可疯过癫过之后，她们往往会洗尽铅华，重新回到循规蹈矩的生活中去。

所以，她们永远成不了三毛。三毛的意义，绝不在于她穿什么衣服，去过什么地方，和什么人谈恋爱，而在于她拥有一颗不羁的心，在于她永远都在路上，永远都在追逐自由。

三毛之后，再无三毛。

她是一个连灵魂都在流浪的追梦人。

-壹-

三毛的少女时代是很阴郁的。

在家里，她在四姐弟中排行第二，用她的话来说，排行第二，就像夹心饼干的中间层，明明最可口，可父母就是注意不到。

在学校里，她更是个问题学生，严重偏科，数学总是考不好。念初二时，数学老师为了惩罚她，拿起毛笔蘸满墨汁，在她眼睛周围画了两个大黑圈，还对全班同学说："我们班上有一个同学想吃鸭蛋，今天老师想请她吃两只。"同学们一阵哄笑。

三毛从小就自尊心极强，哪受得了这种羞辱？第二天去上学时，由于心理压力太大，昏倒在教室门口，从此再也没去过学校。

那年她十二岁，决心不再去上学。因为不堪数学老师的凌辱，她甚至在家里割腕自杀过，幸好被发现得早。

从那以后，她就跳出了传统生活方式的框架，再也没有过上一天那种循规蹈矩的生活。

三毛的姐姐陈心田后来回忆说："三毛对一切循规蹈矩的事都觉得很累，一个学期天天上课对于她来说太累、太可怕了，她认为整天坐在课堂里很无聊，还不如自己在家看看书。"

一个女孩子，长得不漂亮，成绩又不好，难免会有几分失意。那段时间，三毛特别自闭，除了外出学画画外，基本闭门不出，在家里一待就是七年。

海明威说，一个人要想成为作家，得有一个不幸的童年。

三毛的经历，似乎证明了这一点。她儿时就跟着父母逃难，整个少女时代都是灰色的。很多人将此归咎于那个惩罚了她的数学老师，我却觉得，数学老师固然难辞其咎，但三毛那样不快乐，主要还是因为她太敏感了。

敏感是柄双刃剑。要想成为一个作家，就必须拥有比常人更敏锐的感知能力，这注定了他们是难以快乐的一群人。

三毛的童年不太幸运，但很多人都有过与她类似的遭遇，只是她的敏感放大了这种不幸。就像她姐姐陈心田所说，当时在学校，罚站等体罚被当成习以为常的事情，一般学生都不反抗，可三毛就坚决不接受。

虽然被数学老师羞辱过，但少女三毛得到的爱并不比其他人少。她自嘲在家里是夹心饼干，其实父母对她呵护备至，她休学在家，每天都穿得很漂亮，坐着三轮车去画画，像小公主一样，父母对她连句重话都没说过。

可她依然不快乐。敏感如她，在现实世界中找不到自己的位置，索性遁入文学艺术中，以此证明自己的价值。

十几岁的天空，淅淅沥沥下了一场雨，她始终没有从雨季中走出来，阴郁成了她生命的底色，不管走了多远，她依然是那个竭力想证明自己价值的小女孩。

—贰—

三毛的情路也十分坎坷。

在她所编剧的电影《滚滚红尘》中，张曼玉饰演的月凤自陈道："我是一个爱情动物，一遇到自己心爱的男人，就都危险了。"

这其实是三毛的自白，毫无疑问，她就是一个爱情动物，生命不息恋爱不止的那种女人。

与荷西在一起之前，三毛的情史可以用"屡战屡败"来形容，所幸她拥有屡败屡战的勇气。在每一段爱情里，她都用尽全力，即使失败了，等到下一段开始时，依然如故。

和很多早慧的少女一样，她十几岁就开始恋爱了。她认真爱过的第一个人笔名叫舒凡，是戏剧系的高材生，她一眼就瞧上了他，用稿费请他喝酒，在他的手心写下自己的电话号码。

才子和才女在一起，并不像旁人想象的那么珠联璧合。少女三毛的情感太浓烈了，而舒凡在这样浓的情感中只感到窒息，她想要的越来越多，他却越来越想逃。她着了魔似的想结婚，他却觉得为时尚早。

"如果你不想结婚，那么我们现在就分手！"当三毛再一次赌气抛出这句话时，舒凡没有再挽留。

伤透了心的她，负气远走西班牙，从此踏上了流浪之路。

舒凡之后，她还爱过一些人，大多是一场错爱。她和一个不知名画家纠缠过，甚至到了谈婚论嫁的地步，却在结婚前夕，发现那个画家原来是个隐瞒了已婚事实的无耻之徒；她还曾和一个大自己许多岁的德国人相爱，那个人对她很好，是她真心想嫁也可以嫁的人，不料他在快要结婚时猝死了。

就在三毛身心俱疲时，荷西再一次出现，终止了她在情感上的流浪。

很多人不能理解三毛在感情上那样折腾究竟是为什么，其实她只不过是一个缺爱的女子，内心有个黑洞，荷西就是照进她生命中的一束光。

他给了她很多很多的爱，填补了她心中的那个黑洞。这份爱，甚至是三毛的父母都给不了她的，因为她要的不只是爱，而是最爱。荷西满足了她这份渴求。

他们初次相识时，三毛风华正茂，很多男人为她着迷，荷西则完全还是个大孩子。她第一次见他，心里"咯噔"一声，暗叹怎么有这么英俊的男孩子，如果做男朋友一定能满足自己的虚荣心。

还是高中生的荷西对三毛一见钟情，向她表白说："你等我六年，我有四年大学要念，还有两年兵役要服，六年一过，我就娶你。"

三毛惊呆了，问他："我们都还年轻，你才上高三，怎么就想结婚了呢？"

荷西说："我是碰到你之后才想结婚的。"

那时的三毛，以为这个比自己小六岁的男孩在开玩笑，错愕之余，果断拒绝了他。

荷西离开时眼里噙满了泪水，挥舞着手里的帽子一边倒退着往后小跑，一边微笑着对她说："Echo[①]再见！Echo 再见！Echo 再见！"

六年后，三毛受尽了情伤，一颗心伤痕累累。荷西再次从天而降，执意娶她为妻，这一次三毛没有拒绝，她是真的有些累了，想要停下来栖息。

一开始，三毛也许并不那么爱荷西，她常说的是"荷西苦恋我六年"，可后来，她真的被他的锲而不舍打动了，她回报给了他同等的爱。

–叁–

如果世间真有童话的话，我想名字应该叫《三毛和荷西》。

三毛缔造了很多传奇，而她和荷西的爱情故事，则成了传奇中的传奇。若是少了这段传奇，她的生命和作品都会黯然失色。

他们的爱情，让人们相信真的有人可以做到"有情饮水饱"，两

---

① Echo，三毛的英文名。

个人若真的相爱，荒漠里真的能开出绚丽的爱情之花来。

三毛是特立独行的，她和荷西的爱情也是特立独行的。

很多女人看重的物质条件，她看得很轻。结婚前，荷西问她："你要一个赚多少钱的丈夫？"

她回答说："看得不顺眼的话，千万富翁也不嫁；看得中意，亿万富翁也嫁。"

荷西又问："那么跟我呢？"

三毛说："那只要吃得饱的钱就算了。"怕荷西不放心，又加了一句，"我吃得不多，以后还可以吃少点儿。"

对于三毛这样的女人来说，遇见爱、遇见性都不太稀罕，稀罕的是遇到了解。很幸运，荷西不仅爱她，他还真正地了解她、欣赏她。

三毛迷恋撒哈拉残阳如血的景致，他就放弃了向往已久的大海和潜水，事先在撒哈拉找好工作，陪她跑到干巴巴的沙漠中去。

两人公证结婚时，荷西手捧一个纸盒子送到三毛面前。三毛打开盒子，发现那不是花束，而是一个完整的骆驼头骨。荷西他几乎跑遍整个撒哈拉沙漠，最终在滚烫的沙子里找到这副完整的骆驼头骨。对于骆驼头骨，三毛喜欢极了，她把它放到书架上当作宝贝一样珍藏。

三毛的心底一直有道伤口，现在荷西治愈了她，他把阳光带到了她的生命中。甚至可以说，没有荷西，就没有后来的作家三毛。

正是在撒哈拉居住时，三毛提起笔，开始记录自己和荷西在沙漠中的生活，并一发不可收拾，从中国台湾地区一直红到了中国大陆。

那时还没有"秀恩爱"的说法，其实三毛前期的书就是"秀恩爱"的鼻祖。她秀恩爱秀得如此有趣，不但不招人烦，反而让人艳羡不已。时至今日，仍有不少粉丝跑去撒哈拉他们居住过的地方朝圣。

我记得小时候第一次看《撒哈拉的故事》，一看就着了迷，暗暗感叹世间居然有如此妙趣横生的人儿，过着如此妙趣横生的生活。

她本来是个活在云端上的人，和荷西的婚姻让她有了人间烟火味。

在三毛的叙述下，根本感受不到沙漠中的荒凉与艰苦，只觉得一切都有意思极了，我喜欢看她和荷西跑出去历险，看她兴致勃勃地在沙漠里淘宝，看她"哄骗"荷西，说粉丝是雨，看她去教邻居的小女孩们认字。

多么新奇，多么浪漫，却又如此亲切，如此家常。

就像三毛给人的感觉，仿佛近在眼前，却又远在天边。

—肆—

太过美好的事物，往往会被上天嫉妒。

在沙漠中共同生活了六年后，荷西因潜水突发意外，死于大海中，年仅二十八岁。

当时三毛正陪父母在伦敦旅游，夜里，突然有人来电，像是有什么心灵感应，三毛马上接起电话，连连向对方发问："是不是荷西死了？你是不是要告诉我荷西死了……"

她的预感不幸成真了。

荷西的尸体被打捞出来那天，正好是中秋节，看着被海水泡肿的尸体，三毛不敢相信那是她的荷西。那天晚上，她守在他身边，紧紧握住他已经变冷的手，一如他生前那样。只是，他再也不会睁开眼睛看她一眼。

生前，荷西曾经说过："要到你很老我也很老，两个人都走不动也扶不动了，穿上干干净净的衣服，一齐躺在床上，闭上眼睛说：好吧！一齐去吧！"

言犹在耳，斯人已逝。他终究先她而去了，留下她孤零零一个人在这世间。

三毛把他安葬在他们经常散步的墓园里，写下了这样的话："埋下去的，是你，也是我。走了的，是我们。"

她原本决意要随他而去，父母守着她不让，母亲捧着一碗汤哀求她喝下去，她怎么也不肯喝一口。父母怕她犯傻，执意将她带回了台湾，好朋友琼瑶苦苦相劝，直到她亲口答应不再想要自杀。

那个把阳光带到她生命中的男人走了，也彻底带走了她的快乐。失去了荷西之后，三毛被打回了原形，她的生活又回到了阴郁的状态。

她还是在写作，可满纸都是绝望，《梦里花落知多少》是令我不忍卒读的一本书，随便翻到哪一页，都会难过得掉下眼泪来。

她还是会恋爱，和形形色色的男人。据传她曾经爱慕过大她三十岁的西部歌王王洛宾，最终却不欢而散。也许确有其事，也许只是传闻。是真是假都不重要了，重要的是，没有人可以像荷西那样毫无保留地爱，他们谁都给不了她想要的爱。

荷西等了她六年，在一起六年，他走了之后，她在这世上又活了十二年。这十二年间，她实际上只做了一件事，那就是怀念他。

荷西死后十二年，她用一根丝袜，在医院的洗手间上吊而死。

对于她的死，她的家人悲伤却不震惊，他们早就感觉到她的心早已随他而去。

-伍-

对生于二十世纪七八十年代的姑娘们来说，三毛几乎具有不可复制的意义。

可以说，三毛塑造了她们的衣着打扮、审美情趣、生活方式和精神世界。

三毛爱好波西米亚式的打扮，爱穿宽袍大袖的长裙，最常穿的是牛仔裤配白衬衣，于是宽大的长裙、白衬衣成了二十世纪九十年代文艺女青年的"标配";三毛从小的心愿就是当个拾荒者，于是姑娘们一窝蜂地到处去淘破破烂烂的瓶子罐子；三毛住过撒哈拉，于是沙漠在姑娘们眼中成了最浪漫的地方；三毛喜欢荷西，于是她们也想着找个洋人谈恋爱，再不济也得找个长着大胡子的。

对于这一代的姑娘来说，三毛既是启蒙者，也是引领者。

她，一直被模仿，从未被超越。

微启示

我曾以为，三毛的魅力源于她的真实不做作，后来发现不是的，真诚坦荡只是她魅力的一部分，她更大的魅力来源于她的生活。

木心说，一个艺术家活到极致，就连生活都是艺术。

三毛就是天生的艺术家，她连生活都是艺术，作品之类只不过是生活之余的消遣。她的爱情、她的流浪甚至她的死亡都是戏剧性的，发生在其他人身上难免显得突兀，发生在她身上却让人觉得自然而然。

因为，她是三毛。世上独一无二的三毛。

所以，那些质疑三毛与荷西真实爱情的人真是大煞风景，任何人书写日常，都是带着滤镜的，只不过有些滤去了美好，有些滤去了丑恶。三毛散文中呈现出的真实，是一种文学上的真实，她可能不是一个伟大的文学家，但绝对是一个出色的织梦者。

人生若只剩下平庸的现实，那该多乏味，所以人们永远需要三毛，她活出了生活的另一种可能性，让人们知道，除了眼前的苟且之外，真的还有诗和远方。

她注定是一个传奇。滚滚红尘中，至今还有隐约的耳语在跟随他俩的传说。

亦舒：自爱的女人更好命

——爱自己，是我们最重要的事

亦舒是谁？

江湖人称"师太"，一生出了300本书，还在源源不断地出着，你就算没看过她的书，一定也听过她书中的名言，诸如：

> 当一个男人不再爱他的女人，她哭闹是错，静默也是错，活着呼吸是错，连死了都是错。
>
> 我要很多很多的爱，如果没有爱，那么就要很多很多的钱，如果两件都没有，有健康也是好的。
>
> 人生短短数十载，最要紧的是满足自己，不是讨好人。
>
> ……

这些话对于陷入情海爱欲中不可自拔的女人们来说，句句都是醒世恒言。所以，亦舒永不过时，和她同龄的女作家们不是落伍了，就是被遗忘了，只有她的作品历久弥新，塑造了千千万万都市女性的人生观和价值观。

而亦舒本人，已经活成了一个神话，她就是最好的亦舒女郎，年少时为爱痴狂，成熟后珍重自爱，因为这份自爱，上天回馈了她体面的生活，让她尚在人世时就已被万千女性捧上神坛。

-壹-

年轻时的亦舒，长着一张让人过目不忘的脸。不是特别漂亮，但是相当硬朗，寒星似的一双眸子，冷冷地睥睨人间。

少女亦舒是张爱玲的粉丝，和偶像一样奉行"出名要趁早"，她比张爱玲还要幸运，后者的出名是靠苦心经营。她十五岁时就被一堆报刊编辑追到学校来要稿。亦舒的哥哥倪匡（卫斯理）也是写小说的，见此未免有些不平，但也心悦诚服地承认："她的文字比我好，读者比我多。"

有些人说，在香港，要从事写作不知道要经过多少艰苦。这一点放在亦舒身上完全不成立，从她写第一篇小说开始，就一直被读者追捧，无数编辑通过倪匡来向她约稿，搞得做兄长的他好不恼火。

年少成名，本就心气极高的亦舒不免有些眼高于顶，她曾经写过一本书，书名叫《阿修罗》，书中说每个少女都是阿修罗，有着男子无法抗拒的魔力。这个阶段的亦舒就以阿修罗自居，骄傲得不可一世，认为没有什么是她不能征服的。

她十七岁中学毕业后就进了《明报》做记者，主要采访明星，也就是通常所说的"狗仔"。作为娱记的亦舒自信心"爆棚"，敢和最漂亮的女明星做闺密，也敢和最帅的男明星谈恋爱。

她一旦瞧上了某个男人，想也不想就主动追求，用尽一切"招数"，有种不管不顾的孤勇。

女人年轻时喜欢一个男人，要么看脸，要么看才华，清高如亦舒也不例外。她爱上的第一个男人叫蔡浩泉，是个穷画家，一辈子都没什么名气，也没什么钱，自豪的是"喝了别人三辈子才可能喝完的酒"。蔡浩泉在朋友的眼里是个典型的文艺青年，玩世不恭，吊儿郎当，与世俗格格不入。

这样一个穷得叮当响的艺术家，放在亦舒小说中铁定是被讽刺的对象，可那时她太年轻了，只懂得爱才子，朋友说她见了他"如乌蝇见蜜糖，甚至以自杀威胁"。

如此高浓度的热情，谁能抵挡得住？两人随即"闪婚"，然后以更快的速度"闪离"。

两人生有一子名叫蔡边村。刚离婚那几年，亦舒会间歇性探望由蔡浩泉抚养的儿子蔡边村，但随着蔡浩泉另娶，亦舒不愿再与前夫有任何瓜葛，干脆连亲生儿子也断绝来往，彻底将一段不愿记起的人生历史删除。

她下一个瞧上的男人是岳华，岳华年轻时长得确实风流倜傥，当时还是某女星的男友，被亦舒一眼相中，好一番倒追，硬是挖了人家的墙脚。

岳华送她回家，她顺势说自己怕黑，缠着他送上楼，一来二去，岳华真的变成了她的男朋友。

为什么会喜欢岳华？亦舒在一篇文章里说："岳华给人的感觉就是他是好人。岳华有一张好人的脸，有好人的性格。幸亏实际上他也是个好人，他是那种会使别人自然去占他便宜的好人。因为谁都知道，占了岳华的便宜，不会有后顾之忧。"

跟她在一起时，岳华确实待她相当好，她自己说："我不会查中文字典，岳华就是字典。他问我惭不惭愧，我就搬胡金铨的话，念洋书能这样，也不容易了，他没有办法，就常摇头。有时候他得空，就坐在沙发上讲解古文，讲得很不错，我也很虚心学习，居然得益不浅。"

明星自然粉丝多，亦舒太爱岳华了，以至于捕风捉影、草木皆兵，老是嫉妒得发狂。一次发起火来，将一把刀插在了岳华的床上，还把他的西装剪得粉碎。岳华的明星女友给岳华写信，信中并无出格的话，她看了大为恼火，公然将信发表在报纸上。

岳华实在受不了这样令人窒息的爱，毅然决然选择了分手。亦舒挽回无效，只好远赴英国求学，那些日子里，她始终忘不了岳华对她的好，总以为他有一天会回头。

亦舒小说中的玫瑰最后没有嫁给家明，亦舒最后也没有等到岳华回头。多年以后，两人相逢于加拿大的超市中，都装作互不相识。

记者问起岳华如何评价亦舒，他只说了一句"性格很个性"。亦舒倒是以另一种方式记住了岳华，我揣测，她笔下的家明是以岳华为原型的，天字第一号大"暖男"，无论女主角如何胡闹，他都不离不弃，永远守在原地。

-贰-

很多人诧异于亦舒和前任分手后的无情。不是曾经深爱过吗？为什么大家不能和和气气地做朋友呢？

说这话的人，或许对亦舒太不了解。

亦舒这样的人，爱的时候有多痴狂，不爱的时候就有多决绝，她决不会给一个男人第二次伤害她的机会。

爱上落魄才子这种事，其实张爱玲和亦舒都干过，只是处理的方式完全不同。张爱玲决意和胡兰成分手后，还给他寄了写剧本的三十万元钱，亦舒就不同了，和蔡浩泉分手后，索性连儿子都不要了，避得远远的。你说，亦舒会向困境中的蔡画家伸出援手吗？

"见了他，她变得很低很低"，这只能是张爱玲独有的姿势，换作亦舒，"即使没有很多很多的爱，有很多很多的钱也好"，总之，就算是要男人的爱，就算是要男人的钱，姿态一定要漂亮，一定要理直气壮，所以她笔下没有善于低头的白流苏，只有气势如虹的姜喜宝，白流苏幸好遇见了还有良心的范柳原，姜喜宝即使没有遇见勖存姿，也会遇见李存姿、张存姿。男人对于白流苏来说是雪中送来的炭，对于喜宝来说只不过是锦上添的花。

喜宝们是绝对不会让自己被男人辜负的。宁可我负人，莫让人负我。亦舒也是这样。

一个太爱自己的人，总显得有些自私。所以，当亦舒许多年不与儿子联系的新闻曝光后，很多人指责她凉薄。

凉薄也许未必，自保倒是真的。她和张爱玲一样，对一切有可能带来麻烦的关系都躲得远远的。张爱玲约定不和姑姑、弟弟联系，她母亲临终叫她去见一面，她也只是寄了点钱过去。

文学上的偶像未必是道德上的完人，我们根本不必把她的为人和她的作品挂钩，懂得了这一点，或许就能对亦舒不那么苛责了。

经历了两次伤筋动骨的恋爱后，亦舒不再为爱拼尽一切了，而是把省下来的力气都用来写小说，多年以后通过相亲认识了港大一个姓梁的教授，四十岁高龄用试管的方法冒险生下一个女儿，跟家人一起移民加拿大，过上了相夫教子的平静生活。据说梁教授颇有些名士风度，为人诙谐善谈，两人倒是颇为投契。

也许正是年轻时爱过疯过，中年后才能甘于平静。

有人问她：你还追寻爱情吗?

她平静地回答："罐头也有限期。高跟凉鞋，穿迷你裙，装假眼睫毛，不是我们的。什么年纪做什么事。"

读者们总是一厢情愿地把亦舒和她笔下那些女主角画等号，事实上她写的不是自己，而是一个理想化的自己：淡定、克制，永远恰如其分。

她花了很多年时间，受了很多教训，才一步步向这个理想化的自己靠拢。

-叁-

作为一个亦舒迷，我常常想，亦舒到底教会了我们什么?

她教会我们如何谈恋爱。

有人把她的小说当成爱情圣经，奉她为"爱情教母"。亦舒、倪匡、金庸并称为"香港文坛三大奇迹"，金庸创作流行武侠小说，倪匡创作流行科幻小说，亦舒创作流行言情小说。

姑且不论亦舒的小说是不是单纯的言情小说，女主角对待爱情的态度确实值得学习。爱情在琼瑶的小说里是必需品，在亦舒小说里则是奢侈品，爱情来了固然欣喜，爱情走了，至少还有自己。

她教会我们怎样打扮得不俗气。

　　有人把她的小说当成时尚指南，奉她为时尚达人。亦舒笔下的女主角，衣着打扮走简洁风，最喜欢穿白衬衣配"三个骨"裤子，冬天终日披一件开司米大衣，我一直纳闷什么是"三个骨"裤子，后来才知道是七分裤。安妮宝贝笔下那些爱穿白色棉裙、光脚穿球鞋的落拓女子正是脱胎于此。

　　亦舒对时尚品牌是很挑剔的，她曾经尖刻地说："只有暴发户才只懂得卡地亚。"她笔下的女主角常常身着迪奥的套装或礼服裙抢尽风头，香水爱用"午夜飞行"或"哉"。

　　她最欣赏的女性类型，是施南生那种，到五十岁后仍然很时髦，头发剪得短短的，烫个漂亮的发型，穿麂皮鞋子、白色衬衣，仍然是瘦子，样子一点儿也不丢脸。

　　最重要的是，她教会我们自爱。

　　每个女人都爱把"爱自己"挂在嘴边，但到底如何才算是真正的爱自己呢？来听听亦舒是怎么说的吧。

　　懂得爱自己的女人，最要紧是姿态好看。

　　切忌成为那种吃相难看的女人，职场、情场，无论得失输赢都要体面。哭要一个人躲着哭，笑可以对着全世界笑。

　　亦舒最反感人得意扬扬，《圆舞》里的傅于琛教育周承钰说："**真正有气质的淑女，从不炫耀她所拥有的一切，她不告诉人她读过什么书，去过什么地方，有多少件衣服，买过什么珠宝，因为她没有自卑感。**"

懂得爱自己的女人，一定要经济独立。

亦舒说过："唯有工作从不负人。"

这句话不一定绝对正确，但绝对能够激励人。多少失婚少妇，看了《我的前半生》后奋发图强；多少受歧视的女儿，立志要做《流金岁月》中那个令家人刮目相看的蒋南荪。亦舒小说的女主角之所以励志，是因为她们从来都信奉个人奋斗。

亦舒本人就是个工作狂，和岳华分手后那样伤心，仍然笔耕不辍，常常挂在嘴边的一句话是"没勇气唔① 做工，好中意有收入"。

懂得爱自己的女人，决不会把男人当成自己的全部。

对于那些视爱情为生命的女人，亦舒说："人为感情烦恼永远是不值得原谅的，感情是奢侈品，有些人一辈子也没有恋爱过。恋爱与瓶花一样，不能保持永久生命。"

对于那些一失恋就自暴自弃的女人，亦舒说："无论怎么样，一个人借故堕落总是不值得原谅的，越是没有人爱，越是要爱自己。"

多少女人执意想寻找一个归宿，可亦舒笔下的女主角大胆地表示："我的归宿就是健康与才干，一个人终究可以信赖的不过是他自己，能够为他扬眉吐气的也是他自己，我要什么归宿？我已找回我自己，我就是我的归宿。"

也许，这才是新时代女性的独立宣言！

---

① 唔，粤语，意为不。

　　美貌和才华，对于一个女人来说都是稀缺品，只要拥有其中任何一样就足以与众不同，能够集两者于一身，这样的人在人群中想不出众都难。

心若是牢笼，处处为牢笼。自由不在外界，而在于内心。

所以，我总是提倡女孩们去读读亦舒的书，她书中的时尚也许有一天不再流行，书中的生活方式也许会变得并不吸引人，但独立自主的人生理念永不过时。

微启示

有人说，读亦舒的书多了，容易变成"剩女"，因为她的书写透了爱情和人生的真相。

这其实是一种误读。

亦舒和她笔下的女主角，都是那种认清了生活的真相依旧热爱人生，看破了爱情的短暂依然向往爱情的人。

这样的人当然不是刀枪不入的，也会受伤，也会自尊扫地。就像亦舒，当年和岳华分手后，她心痛得夜夜难眠，甚至干过跪在他面前求复合的事。

傻吗？是挺傻的，但只要不一直傻下去就行了。

后来的亦舒，人们有目共睹，她是怎么一步步恢复过来的。碎了的心，她会一片片拼起来；丢掉的自尊，她会一点点捡回来。她可不会让自己死于心碎。

傻过疯过也痛过之后，她终于活成了自己期待的样子，年少时的锐气和野性一点点褪尽，留下的是云淡风轻、一派从容。

晚年的亦舒，和家人住在加拿大的房子里，阳台下是前院，院外是参天松柏，参天松柏外还是参天松柏，再远是海和天。

她还在写，她还在爱。

读她书的那代人早已经长大，散落在各个城市的格子间里，她们或许穿不起迪奥，用不起"午夜飞行"，但她们都辛勤工作，保持微笑，从不放弃努力。

无论境遇如何，做人一定要体面，这永远是亦舒女郎们的共同期许。亦舒如此，我们也是如此。

琼瑶：爱情从来不是她的全部

—— 做不了公主，就做女王

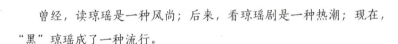

曾经，读琼瑶是一种风尚；后来，看琼瑶剧是一种热潮；现在，"黑"琼瑶成了一种流行。

人们说到琼瑶，总是大摇其头，大摆其手，不以为意地说："琼瑶啊？不就是那个写言情小说的。"

事实上，在年少轻狂的时候，即使没读过琼瑶，多少也看过几部琼瑶剧，谁敢说自己没有被她打动过？

年轻时，我们都视爱情为生命，等到成熟后，才明白爱情只不过是生命中极少的一部分。即便如此，那种将爱情视为信仰的青春岁月仍是极为珍贵的。琼瑶小说中的人物，只不过一直停留在青春期，何必大肆嘲笑。

人们无论喜欢她也好，讨厌她也罢，都无法否认她的地位，她是几代人的"言情教母"，只要她想，只要你愿意，她可以在商业上一直成功下去。

爱情是她小说永恒的主题，可她的人生远比小说丰富，也精彩得多，爱情从来都不是她的全部。

-壹-

琼瑶的人生就是一出大戏，而且是一出励志大戏。

这出戏的前奏，要从她父母的相识说起。

琼瑶的母亲出身名门，性格活泼好强，在双吉中学读书时瞧上了年轻英俊的老师，趁上课时将情书搓成纸丸，弹进先生的口袋里，由此谱下了一段师生恋的佳话。

琼瑶原名陈喆，就是取"双吉"之义。和她一同诞生的还有个双胞胎弟弟，他俩一个乳名叫凤凰，一个乳名叫麒麟，可见父母对这对双胞胎的喜爱。

琼瑶生于战争年代，六岁起就跟着父母逃难，对于童年的记忆，最多的是困苦流离。在山里躲日本兵时，一大家子人一天只能分吃两碗白米饭，饿得差点死掉。两个弟弟在战乱中走散，父母带着她去投河，所幸小小的她唤醒了母亲的求生欲望，后来弟弟也终于找到了，一家人终于团聚。

困苦促进了她的成长，更让她形成了远比同龄人坚忍的性格。

琼瑶自幼对文学就有超强的感悟力，五六岁时，坐在门槛上听母亲讲"夜夜夜半啼，闻者为沾襟"，一群十几岁的学生没听懂，唯独她把诗中的含义解释得丝毫不差；七岁时已熟读《梁上双燕》和《慈乌夜啼》；九岁时就在《大公报》上发表了第一篇小说《可怜的小青》，家里人读了都感动得流泪。

这样一个聪慧的小姑娘，性格又安静，长得又漂亮，按说应该是大家的宠儿。可琼瑶从小就自卑，她脸上有块胎记，不大显眼，但削弱了她的自信心。战争结束后，她随父母从四川去上海读书，自诩是个乡下小姑娘，满口乡音，数学又差，遭到了同学的耻笑与排挤。

小琼瑶也曾哭着跑回家，说自己不想读书了。第二天照样咬着牙走进学校，学说上海话，学习怎么也弄不懂的数学，学着照顾两个弟弟，慢慢在学校里站稳了脚跟。

她一直是个娇小的女生，皮肤雪白，一张温婉秀丽的鹅蛋脸，从外表看那么柔弱，骨子里却十分坚强。

琼瑶祖籍湖南，湖南出辣妹子，她看上去一点儿都不辣，若你斗胆咬上一口，肯定辣出眼泪来。

-贰-

自卑，一直缠绕着少女时代的琼瑶。

那时她随父母去了台湾，在女中读书。在家中她是长女，父母对她期望甚高，偏偏她成绩不好，数学差得一塌糊涂。

穷窘的家境也让她自觉在同学面前抬不起头，多年后写自传时，她仍对同学们都打扮时尚，只有她整天穿一件母亲旗袍改的旧裙子耿耿于怀。她苍白忧郁，弱不禁风，同学都戏称她为"林黛玉"。

由于成绩差，父母尤其是母亲逐渐对她这个长女感到失望，这加重了琼瑶的自卑。

她是个感情需求极强的人，少女时曾两次自杀，其中一次是为了抗议母亲对她关爱不够。饶是如此，母亲还是把更多的偏爱给了她的小妹。

在家中得不到足够爱的琼瑶，把目光转向了外界。于是，大她二十五岁的国文老师赢得了她的心，他那样潇洒倜傥，又那样善解人意，更重要的是，他懂得欣赏她的文学才华，没有什么比这个更能打动一个自卑少女的心了。

属于琼瑶的人生大戏，就此拉开序幕。

那一年，她才十八岁，在当时保守的社会环境中，这场师生恋实属惊世骇俗。

母亲坚决反对他们相恋，这位当年用纸丸情书追求老师的新潮女学生，已经浑然忘了自己年轻时干的傻事，她只想把女儿护在自己的羽翼之下，哪怕伤害了别人。

在母亲的强势干预下，最终国文老师被辞退了，黯然远走他乡。琼瑶伤心不已，高考两次落榜之后，拒绝了母亲为她安排的青年才俊，嫁给了一文不名的文学青年庆筠。

这是一段注定会失败的婚姻。琼瑶并不爱他，她只是想借他从家里逃出去。

如果说这段婚姻对我们有什么启发的话，就是千万别嫁男"文青"，特别是眼高手低一事无成的男"文青"。

他们在一起的五年，可以用七个字来概括——"贫贱夫妻百事哀"。庆筠工资不高，两人生活捉襟见肘，买只肉粽子都能够成为他们吵架的导火索。

就是在这样艰苦的环境下，琼瑶一手抱着儿子，一手坚持写作，作品开始崭露头角。对于妻子的成功，庆筠却不平衡了，他开始流连于赌场，葬送了琼瑶对婚姻的最后一丝信心。

千辛万苦地维持了五年，他们的婚姻终于走到了尽头。

抱怨因为婚姻的拖累写不出东西的庆筠，离婚后再也没动笔写过什么。事实证明，写不出就是写不出，任何理由都只是借口。

−叁−

经历了这么多感情上的波折，照说琼瑶应该心灰意冷了，可她依旧固执地相信爱情。

有时候，你想拥有一样东西，必须先去相信你会拥有。

终于，她期待的爱情降临了，虽然来得有点迟。

那个人叫平鑫涛，对于琼瑶来说，他如父如兄，是她的伯乐，也是她的知己，更是她的守护神。

他是《皇冠》的社长，琼瑶的《窗外》就是在《皇冠》上刊登的，《庭院深深》则登在他主编的联合报上，引起了女学生排队抢购的热潮。

两人第一次见面时，琼瑶穿一身黑衣服，打扮得很平常，可平鑫涛一眼就从人群中认出了她。琼瑶问他是怎么认出来的，他回答说："从《窗外》里认识的，从《六个梦》里认识的，从《烟雨蒙蒙》里认识的。"

是否听上去"很琼瑶"？是的，这句话确实出自他之口。

平鑫涛后来形容初见琼瑶，感觉空气中有电光闪过。那时他还是有妇之夫、三子之父，但这一点也不妨碍他对琼瑶一见钟情。琼瑶外表柔弱清秀，性情温柔安静，让他一见就想保护她。

这段漫长的婚外恋持续了十四年。十四年内，除了婚姻，平鑫涛把一个男人该给女人的都给了琼瑶。

琼瑶自己也说，从二十五岁初识平鑫涛开始，他就一直照顾她。

知道她拙于家事，他就为她租房子，请女佣，替她打点生活上的一切琐事，琼瑶只需待在家里安心写作即可，其他的事都由他处理，连她的家人，他也照顾得无微不至。

知道她热爱写作，他就给她规划写作事业，让她同时在《联合报》和《皇冠》上连载长篇，帮她卖出《六个梦》的版权，从而引领她一脚踏进了影视的天地。

知道她喜欢浪漫，他就时不时地制造些浪漫，他喜欢送她礼物，每件礼物都是从她的小说中找灵感。小说里的女主角爱穿印尼布的衣裳，他就定做一件送给她；小说里的女主角爱"紫贝壳"，他就送来一颗晶莹剔透的"紫贝壳"；小说里的女主角爱狗，他送来一只纯白的小京巴狗，这就是琼瑶最爱的"小雪球"；小说里的女主角唱了一支歌，名叫《船》，他特意告诉她几月几日几时开电视，电视中有歌星唱着《船》……

可以说，平鑫涛基本满足了琼瑶对爱情的所有幻想，每个女人骨子里可能都渴望被一个男人用心地爱着，平鑫涛就完全做到了这一点，他不仅用心地爱着她，他还会采取一些戏剧化的行动，来满足她对于戏剧化爱情的憧憬。

琼瑶一度苦于自己第三者的身份，想和他分手，另嫁给一位事业有成的华人，他听了，以寻死来挽留她。他把车开到悬崖边，将她叫下车，一踩油门往前冲去，生死关头，琼瑶扑在了引擎盖上。

这两个人，不愧是天造地设的一对。同生共死的这一幕，多么感人，又多么戏剧化。

琼瑶评价说，平鑫涛的前妻纯净如一湖无波之水，他却强烈如燃烧的火炬，这决定了他们不能和谐。

而她，才是能和他匹配的那个人，因为她和他一样，都是那种容易燃烧的个性。

走过十几年的风风雨雨后，她终于如愿嫁给了他。婚礼很简单，她没有穿婚纱，只在胸前别了一朵兰花。婚后，他依然宠她如公主。她喜欢打保龄球，他就在地下室开辟了一个保龄球室。每年她过生日，他都会送她一屋子怒放的红玫瑰，不是九十九朵，而是好几百朵。

很多人质疑现实生活中存在琼瑶式的爱情，但实际上，他真的给了她琼瑶式的爱情。

—肆—

作为看琼瑶小说长大的一代人，我常常在想，什么样的姑娘才会拥有琼瑶式的爱情？

我们首先想到的，肯定是琼瑶戏里的那些女主角，她们长身玉立，白衣飘飘，穿着长裙行走在林间草地上，眼神羞怯如小鹿，个个都不食人间烟火。

可事实上，即使拥有了惊人的美貌，这些女主角的扮演者也并非每个都嫁了良人，倒是红颜薄命的多。

和她们相比，琼瑶一没有过人的美貌，二没有"爆棚"的运气，为什么反而是她收获了自己理想中的爱情？

我想，可能是因为她足够强大吧。

琼瑶的个性是很强的，与其母相比甚至有过之而无不及。她形容平鑫涛，说他浑身都是力量，干什么都坚决果断。实际上，她自己也是这种性格。

　　琼瑶这一生，从来都目标明确、坚忍不拔，认准了的事顶着再大的压力也要做。她做出的每一项选择几乎都是发自内心的，除了没有和国文老师在一起，她把人生的主动权牢牢地掌握在自己的手里。

　　回顾琼瑶的奋斗史，会发现她一直都在迎难而上。她高考落榜两次，母亲让她继续考，她却毅然一头扎进写作里；她生了孩子后，寄居在娘家，没人帮她带小孩，她就一手抱着孩子，另一只手写作；她一开始投稿时，频频遭遇退稿，长篇写了一章后再也写不下去，她却毫不退缩，屡败屡战；对于她的写作，家人只有质疑，尤其是她发表《窗外》后，母亲更是指责她出卖家人换取名声，她一边跪在地上解释，一边还是顶着压力让电影公司把《窗外》改编成了电影；作品被抄袭了，纵使已年过七十，她也要用尽力气来打官司。

　　这就是琼瑶，姿态可以低一点，但想要的东西、想爱的人她从不会轻易放手。

　　平鑫涛为什么会选择她？正是因为他看到了她柔弱外表下的无限潜力。

　　有了琼瑶后，《皇冠》的发行量从几千份飞跃到了几万份，后来又成立了火鸟影视公司。

　　他们才是真正的强强联手。棋逢对手，谁也不肯放对方走。

微启示

同样是二十世纪八十年代至九十年代红遍全国的女作家，琼瑶和三毛私交甚好，却完全不是同类人：三毛看上去无所畏惧，内心却很脆弱；琼瑶则是外柔内刚，她一手缔造了自己的文学、影视帝国，在那个国度里，关上门来，她就是王后。

一个生命力强悍的人，只要运气不算太差，总会遇到她理想的爱情，过上她理想的生活。

其实，不必指责琼瑶的小说毒害少女。人人都知道言情小说是在造梦，谁要是照着小说中写的那样把爱情当作全部，光凭着年轻貌美和一点点运气，就眨巴着大眼睛等着白马王子来拯救自己，那她就是沉迷梦中无法认清现实。

要知道，美貌迟早会褪色，运气迟早会用完，"傻白甜"永远无法掌控自己的人生，她们遇到什么就是什么。

一个女性，真想遇到言情小说里那种理想的爱情，就得先把自己活成励志的女主角。

等到你真的把自己活成"女王"了，爱情来不来又有什么关系？琼瑶即使没有平鑫涛，依然是难以取代的琼瑶。

李碧华：过上等生活，享下等情欲
——婚姻需要"难得糊涂"

香港真是一个光怪陆离的地方，盛产千姿百态的女作家，有像亦舒那样玲珑剔透的，有像张小娴那样缠绵入骨的，有像黄碧云那样晦涩阴郁的，还有像李碧华这样妖魅诡异的。

都市中的男女，即使没看过李碧华编剧的《胭脂扣》《青蛇》《古今大战秦俑情》，至少也读过几段李碧华语录吧。

有些女作家擅长编织爱情，而李碧华则擅长的是解构爱情。多少爱情神话，被她解构得轰然坍塌。所以有人说，看多了李碧华的小说，是很难再相信爱情的，

很多人或许不知道，以解构爱情闻名的李碧华，自己却拥有一份细水长流的爱情。

爱情这东西，对于她笔下的女主角们来说是含笑饮的砒霜，对于她来说则是平平淡淡，而快乐多多。

很多女作家将现实和作品混为一谈，只有她，现实是现实，作品归作品，二者之间泾渭分明。

这，也许正是她真正聪明的地方。

-壹-

　　"这便是爱情：大概一千万人之中才有一双梁祝，才可以化蝶，其他的只化为蛾、蟑螂、蚊蚋、苍蝇、金龟子，就是化不成蝶，并无想象中的美丽。"

　　这是《胭脂扣》中最经典的一句话。

　　李碧华的爱情观，就浓缩在这短短的一句话中，她写过那么多作品，主题无非是将那些"化蝶"的传奇还原为化蛾、化蟑螂、化苍蝇的真相。

　　《青蛇》中，以旁观者青蛇的眼睛，来透视姐姐白蛇与姐夫许仙的爱情，人们心目中感天动地的"人蛇恋"，原来只不过是一对男女彼此看透后的互相欺骗。

　　《梁山伯自白书》里，梁山伯一早就知道祝英台是女儿身，只是以为她迟早是自己的囊中之物，所以欲擒故纵而已；而祝英台呢，准备了一箱子玉蝴蝶送人，梁山伯只不过是其中一个。最后，梁山伯被祝英台气得吐血，吞了玉蝴蝶而死。

　　所谓化蝶，原来只不过是为了面子，绝非殉情，读了让人哑然失笑，同时不禁流了一身的冷汗。

　　与偶像张爱玲一样，李碧华也有一双冷眼，看透了痴男怨女纠缠背后的计较、怯懦和自私。那些所谓同生共死的爱情神话，在她笔下无不是男女双方的相互算计。有人说，她笔下的男人大多无情，其实她笔下的女人又何尝不是如此。

《胭脂扣》中，十二少与妓女如花相约一起殉情，结果如花一个人赴了黄泉，十二少却苟活了下来。当人们还在同情如花时，剧情再次推进，原来如花怕十二少不肯去死，竟偷偷给他下了毒，只是他命大，侥幸没死成。

真相就这样一层层剥开，人性的阴暗面暴露无遗。男人也好，女人也罢，谁又比谁更高尚？

李碧华的小说中，情欲具有压倒一切的力量，书中男女都只是欲望的奴仆，在情欲之海中百般挣扎而不自知。男人看似温和，实则软弱；女人看似炙热，实则狠辣。

她写的不是传奇，而是寓言，关于人性与爱欲的寓言。

李碧华常常被拿来和张爱玲比较，她自己也坦承从张爱玲的作品中获益良多，她把张爱玲比作一口古井——一口任由各界人士、四方君子尽情来淘的古井。

她在《青蛇》中有一段著名的比喻："每个男人心里都有两个女人，一个白蛇，一个青蛇。娶了白蛇，白蛇就是衣服上一粒饭渣，青蛇还是美丽的余晖；娶了青蛇，青蛇就是地上一撮灰，白蛇还是窗前明月光。"

这明显是向张爱玲的《红玫瑰与白玫瑰》致敬。

可她们本质上是完全不同的。不一样的爱情观，决定了她们小说不一样的面貌。张爱玲是外冷内热的，看上去冷漠，骨子里是深情的，所以她笔下既有白流苏这样精明的角色，又有曼桢那样天真浑厚的姑娘。李碧华则是彻头彻尾的冷心冷肠，舍得对她书里的角色下狠手。她书中的爱情，全是奇情孽恋，禁忌之花泣血而开。

看过《青蛇》《胭脂扣》的原著就知道，李碧华笔下的女人多半是被欲望冲昏了头脑，炽热的情欲迫切需要找一个出口。白素贞被许仙伤得魂飞魄散，复原之后，照例兴冲冲地去找蓝衣少年借伞，男人，只不过是医她的药，这味药是谁并不重要，重要的是药效。

正如她在文章中所说的那样，没有所谓"矢志不渝"——只因找不到更好的；没有所谓"难舍难离"，只因外界诱惑不够大；若真大到足够让你离去，统统拨归于"缘尽"。

所以，李碧华被称为"文妖"，她一落笔就带有丝丝妖气，笔下更无分毫温度，令人越看越冷。

-贰-

作品之外，李碧华的为人处世也大有特立独行的"文妖"做派。

和她书中那些神龙见首不见尾的妖精们类似，她本人也是以神秘闻名。

她的家世是神秘的，只知道她出生于广东一个很有钱的乡绅之家，祖父是做中药的，有大小四个老婆。她的家庭，还带着旧时代的余晖残照，她从小就生活在那种楼很高、庭院深深的旧式楼宇中，也听闻过很多旧式的妻妾纷争，这种环境和残余的记忆为她以后的创作提供了不少素材和灵感。

她一度拒绝拍照，拒绝见报，以至于网上根本找不到她的真实照片，有一张据说是她和张国荣的合影，后来她出来澄清说照片中的并不是她。

据一位采访过她的记者描述，她年轻时个子娇小，留着一头直发，穿着打扮完全是邻家女孩式的。白上衣，牛仔裤，外加红色毛衣，脸上完全没有脂粉痕迹。

给人以邻家女孩印象的李碧华，驰骋文坛靠的却是语不惊人死不休。

她曾经给自己"画"过一幅自画像：

> 喜爱的饮品是饮恨，身体特征是头角峥嵘，外貌特征是充满内在美，性格是忠肝义胆、好逸恶劳。经常阅读的杂志是银行存款，最想旅行的地方是暗恋者的心，对名利的看法是极度虚荣、无可救药，最大的愿望是不劳而获、醉生梦死，所崇拜的快乐美满人生是七成饱、三分醉、十足收成，过上等生活，付出中等劳力，享下等情欲。

最后的结论是：

　　　　上述愿望均成泡影。

　　她真是了解读者的心理，这幅纯以文字描述的自画像，特别地令人过目不忘，比一张普普通通的照片给人留下的印象深多了。

　　拜《胭脂扣》《青蛇》《霸王别姬》等电影所赐，李碧华的名字广为人知。在一众女作家中，她的作品以画面感强、易被改编成影视作品而突出，很多喜欢她的读者都是先看了她编剧的电影，转而再去看她的书。

　　这和她的经历有关。别人是从小说到剧本，她却是从剧本到小说，初入行时，她是从编剧做起的，所以她的小说很像分镜头剧本，节奏紧凑，情节曲折，对白精彩。

　　当《胭脂扣》一举夺得香港电影金像奖时，李碧华声名鹊起，可她仍保持着神秘的作风，业界都知道，和李碧华合作，她会事先约法三章：一不上照片；二不参加签名售书仪式；三不接受直线电话采访。她甚至不同意在酒店前台留字给朋友，以免暴露身份。为回避与读者见面，她放弃了"香港十大畅销书奖"。

　　有记者曾问她，为何要如此低调？李碧华回答说，她不是什么公众人物，跟公众没有任何关系。希望人们喜欢作品，别理会作者是谁。与公众人物相比，她更喜欢当个普通人。

　　的确如此。

　　她本来并没有扬名立万的野心，从学校毕业后当了一名小学老师，走的就是一条普普通通的人生之路。可有才华的人注定要崭露头角，做老师的时候她向《文季月刊》投稿，被主编慧眼相中，邀她去做了记者，继而是主编，然后又转入了影视圈。

在香港，编剧往往是不被人注意的幕后角色，可李碧华不一样，她编剧的作品个人色彩太过强烈，一看就知道是出自她之手。

混迹于影视圈，李碧华和很多明星有过交情，也写过很多明星。在一众明星中，她偏爱张国荣，自称是他的粉丝，形容"哥哥"的容貌时，她用了"眉目如画"四个字，再没有比这四个字更贴切的形容了。她总是在专栏中为他叫屈，说当今世上最生不逢时的艺人就是张国荣先生。《霸王别姬》中的程蝶衣，便是以"哥哥"为原型来塑造的，所以她坚持让他来演程蝶衣。

虽然和明星靠得那么近，她仍然坚持当一个普通人。节假日，她最热衷的一件事就是一身便装呼朋唤友，齐齐过境到深圳，先去书城挑书，然后开着车在市区绕来绕去，寻觅美食，反正没人认识她，不用担心被认出来。

商业上的成功并没有冲昏她的头脑，有人评价说她的小说有丰富的内涵、深刻的主题，有别于通俗小说，她却自嘲说："一流的小说是无法改编成电影的。"

她写过那么多小说，没有一本小说的女主角像她自己这样清醒。

-叁-

李碧华把这份清醒，带到了她的婚姻中。

写言情小说的女作家大多敏感多情，渴望小说中那样轰轰烈烈的爱情，有时候甚至人戏不分，错把自己当成了言情小说的女主角。

同时期的女作家中，琼瑶上演了和平鑫涛先生惊世骇俗的剧情，三毛为爱远走异国他乡，亦舒敢抢女明星的男朋友。

李碧华不一样，她只想嫁一个普通的男人，拥有一份平淡的爱情，所以她很早就结了婚，先生叫郭崇元，台湾人，从事出版业。

郭崇元算是李碧华的粉丝，早就看过她的作品，也听闻过她的名字。两人的相识颇具戏剧性，他们一起参加一个文学研讨会，与会的每位嘉宾桌前都有一块姓名牌，李碧华的牌子上赫然写着"李白"。

李白是李碧华的原名，和中国有史以来最著名的诗人重名，想不引人注目都难。

坐在旁边的郭崇元频频向这块牌子看去，后来就变成了向牌子代表的人行注目礼，终于忍不住搭讪说："你和大诗人齐名啊，羡慕！"

李碧华风趣地回答说："这么说来先生也想姓李？"

如此妙语连珠，一下子拉近了两人的距离。郭崇元对她很感兴趣，为了接近她，故意打碎了会场的花瓶，还主动上门要求赔偿。

李碧华手一挥，豪迈地表示："算了算了，就算在我账户上吧。"

郭崇元对她的兴趣更浓了，一双眼睛盯着她的手看，直到确定她手上没有戒指才放下心来。

第一次见面只是动心而已，真正令他倾心的还是李碧华的才华。她当时在《东方早报》上开有专栏，专栏名叫《白开水》，郭崇元每期必看，他也在报上开了一个时评专栏，借机常常拿着报纸登门向时任主编的李碧华请教。后来一次闲聊中他说漏了嘴，透露了"花瓶事件"是自己一手策划的，李碧华这时才明白他的心意。

他们交往没多久就结婚了，二人的婚礼也非常有意思，见证人是两人出版的书籍，高高厚厚地摞了一桌子。

在世人看来，郭崇元的才华、名气都远逊于李碧华，可她一点都不在乎，看对眼想嫁就嫁了。

婚后，郭崇元果然把她宠成了四体不勤、五谷不分的"懒妻"，经常帮她收拾凌乱的书桌、床铺。

李碧华写稿之余，想要什么就喊他："郎君，冰箱里可有橙汁？""我的《辞海》你看到没有？"郭崇元成了打杂的小工，一会儿端汤送水，一会儿又登高找书。婚后的新房越来越凌乱，屋内到处都是书，卧室的地板也被报纸杂志堆满。"这哪里像个主编之家？简直就是狗窝！"然而，郭崇元骂归骂，还是会整理。

嫁得良人的李碧华，终于如愿以偿过上了七成饱、三分醉、十足收成的快乐美满的日子。

微启示

李碧华有一句名言："太聪明的女人不适合谈恋爱。"

这句话不知打动了多少女读者的心，于是她们掩卷之余纷纷感叹：做女人还是笨一点好，聪明的话，就只能孤独终老了。

其实我觉得她们误读了李碧华的话，通透如她，怎么可能提倡现代女性去做笨女人？她只是不主张女人太过聪明，重点在这个"太"字上。

老话说，过犹不及。太过聪明的女人，对爱情往往太过苛求完美，总是幻想有一份十全十美的爱情，对男人往往太过挑剔。有安全感的男人，她嫌人家没情趣；有情趣的男人，她嫌人家太花心；要了面子，又要里子。

这世上哪有十全十美的男人和爱情？那些自以为聪明的女人，往往机关算尽，落得孑然一身。

李碧华则是那种聪明得刚刚好的女人，她对爱情的态度务实而理性，从来没有过分的奢求。她和郭崇元之所以能够恩恩爱爱，多半是因为她不挑剔、不计较。她自己也说过，恋爱谈得四平八稳，很少卿卿我我，连花也没收到过。

若换了其他女人，可能会心有不甘，觉得太不浪漫了，可李碧华一笑置之。也许是她早已看透，浪漫和踏实本来就像鱼和熊掌，怎么可能兼得？

婚姻是场长跑，要想坚持到底，有时需要"难得糊涂"的精神。

梁凤仪：一个离婚女人的"逆袭"之路

——女人无论何时改变自己都不算晚

我认识的一位姐姐离婚了。在她三十五岁这年，丈夫有了外遇，无论她如何哭泣哀求，他都坚决不肯回头。

办完离婚手续那天，她走在街上，忽然觉得天色都比以往灰暗了不少。

离了婚的她，仿佛一下子被击溃了，脸色灰白，精神抑郁，时常在夜里以泪洗面。其实在旁人看来，她的工作、长相、性格都不差，仅仅因为离婚，就让她感觉自己是个彻头彻尾的失败者。

朋友们安慰她不如重新开始，她总是流着泪说："我都三十五岁了，还怎么重新开始？"

三十五岁的离婚女人，真的没办法重新开始吗？

很多年以前，在香港，一个三十多岁的单身女人，也经历了离婚带来的挫败和灰暗，最终却化茧成蝶，华丽"逆袭"。

她的名字，叫梁凤仪。

-壹-

在香港，"梁凤仪"三个字几乎就是"逆袭"的代名词。

她幼时家道中落，一度住过廉租屋，后来却以一支笔打出了天下，成为华人世界里最富有的女作家；

她39岁才开始写小说，但短短十年内就出版了一百多本小说，封笔前一共创作了一千多万字，创立了财经与爱情相结合的小说模式，曾经，只要封面上出现梁凤仪的名字，就是畅销书的保证；

她嫁人后，做了很多年家庭主妇，为了贴补家用甚至去餐馆打过工，可一萌发创业的念头，她就创办了碧利菲佣公司，成为香港引进菲佣的第一人，三年时间净赚九千万元港币；

她离过婚，曾长时间沉浸在婚姻失败的痛苦中不能自拔，可当她有了嫁人的想法，四十多岁还能嫁入豪门，丈夫黄宜弘是香港商界翘楚，且视她如珍宝。

人们只看到她的成功，却很少有人关注到，在成功之前，她曾经历过人生最灰暗的时期。

1985年，梁凤仪和第一任丈夫何文汇正式离婚。

那一年，她已经三十六岁，走到人生的中途，忽然发现自己孑然一身，前路漫漫，不知道该如何走下去。

和许多传统的中国女人一样，三十六岁的梁凤仪视家庭重过事业，怎么也没想到自己会走到离婚这一步。

她出生在一个典型的中国式家庭，父亲曾在金融界任高管，母亲是家庭主妇，她是那个年代少有的独生女。在她很小的时候，父亲带她出去参加聚餐、舞会之类的社交活动，这为她以后经商和写作都奠定了良好的基础。

母亲是个特别贤惠的主妇，生怕唯一的女儿性格太好强，所以在梁凤仪婚前告诫她："凤仪，圆满的婚姻是女人最大的幸福，要是有一天你没有获得幸福，错的一定是你。"

受母亲的影响，梁凤仪尽管学业优秀，从香港中文大学一直念到研究生，但前半生将圆满的婚姻视为人生最高追求。

所以，她二十来岁就结婚了，二十三岁远赴英国，陪伴正在伦敦大学读书的丈夫何文汇。很难想象具有商业头脑的她，居然做了很多年家庭主妇，可见她和她母亲那一代的思想并无区别，将丈夫看得比什么都重要。

如果她能安于做个主妇，她与何文汇也许会白头到老。可一个人但凡有些才能，总是希望能做点事。

从英国返回香港后，她在1977年创立了碧利菲佣公司，在香港历史上第一次为港人家庭引进菲律宾女佣，也为她赢得了商业上的第一次巨大成功。

她甫一投身商海，就为已故金融业巨子、新鸿基证券创办人冯景禧所赏识，被礼聘到旗下新鸿基公关广告部担任主管。她工作起来特别拼，曾连续三个星期每天只睡两个小时。

就在事业蒸蒸日上的时候，她看得最重的婚姻却亮起了红灯，原因是她对工作过度投入，夫妻聚少离多。

她试图挽回这段婚姻，还为此辞去了高管工作，转入跨国公关公司奥美任高级顾问，方便穿梭两地，可还是无力回天。

自从女性追求独立和解放，如何使事业和家庭取得平衡就一直困扰着很多女人。梁凤仪的问题也在于此，她极力想做个贤妻，但又无法割舍工作。而她的前夫何文汇，显然更需要妻子陪在身旁嘘寒问暖。两人对婚姻的需求不同，注定无法走下去。

所幸何文汇是个很有风度的男人，做不了夫妻，他们仍然是很好的朋友。梁凤仪小说封面上的书名，由何文汇题字；梁凤仪小说改编的电视剧，有很多主题曲由何文汇作词。

对这位前夫，梁凤仪始终心存感激，她提起他来总是说：情已远，恩尚在。

-贰-

梁凤仪这次离婚离得很友好，离婚后的那段时光却是她生命中暗无天日的。

试想，一个女人，从小被教育要做个好妻子，长大了也尽职尽责去做个好妻子，结果苦心经营的婚姻还是破裂了，多年来信奉的人生理念一朝崩溃，这不啻是对其人生观、价值观的全面摧毁。

父母对她离婚极为不满，甚至在遗嘱中写道：不管以后何文汇是不是我们的女婿，他都是我们遗产继承人之一。

离婚后的一年多内，梁凤仪陷入了深深的自我否定和自我怀疑中。用她的话来说，她投入了"全职悲哀"之中。她很困惑，是不是因为自己太看重事业，所以导致了离婚？她索性放弃工作，让自己二十四小时为分手悲哀。

后来形容那段日子时，她用了"昏天暗地"四个字。在她早期的小说里，常有这样的离婚女子，因为婚姻失败，整个人都随之溃败，要花很长时间才能重新振作。后来她总是劝年轻人，失恋后一定要工作，不要全身心地沉浸于悲哀之中，那样会放大失恋的痛苦。

若是一直陷在痛苦中无法解脱，那就没有后来那个超级畅销书作家梁凤仪了。

痛苦给了她创作的灵感，关键时刻，是写作治愈了她，将她从人生的泥沼中解救出来。

她三十多岁才第一次提笔写小说，出版第一部小说《尽在不言中》时，已经三十九岁，这对于很多女作家来说已经是退隐的年龄，她却刚刚出道。

对于有才华的人来说，出道再晚也不怕，更何况梁凤仪集文学才华与商业才华于一身。

她的商业经历，化成了她小说中源源不断的素材。和别的女作家不一样，她开创了财经加言情的独特小说模式，她的小说虽道尽男女间的爱恨情仇，却以财经为佐料，把两者巧妙地融为一体。

不同的言情小说中，可以看到不同女作家的影子。琼瑶小说中的女主角，永远是一袭白裙、长发飘飘的女"文青"；亦舒小说中的女主角，则大多是玲珑剔透、爱穿开司米大衣的女白领。

梁凤仪呢，不爱写女"文青"，也不爱写女白领，她写得最多的是女企业家和嫁入豪门的女性，用现在的话来说，都是"白富美"。这些"白富美"都留着干练的短发，像她一样圆圆的脸，也像她一样坚强、进取、独立，在商场战无不胜，在情场屡屡失意。

梁凤仪的过人之处，还在于她用商业化的手段来运作小说出版，1991年，梁凤仪成立了香港"勤+缘"出版社，亲任董事长和总经理，大力推广自己的小说，并在两年以后一跃成为香港三家营业额最高的出版社之一，同时，她的小说频频被改编为影视剧，横扫银幕内外。

在家庭主妇、商人和作家三种身份中，梁凤仪坦率地表示，无论在什么情况下，商人都是她最重要的身份，她说："文人是一个非常主观的行业，好与坏很难评判，就像可口可乐，虽然被普遍接受，但总有人不接受。而商业存在模式，做起来有简单规则，成功与否靠数据说话。"

凭着缜密的头脑和出色的才华，她果然获得了巨大的成功，成为华人世界最富有的才女。

所以，三十九岁才出第一本书有什么关系呢？就像她在小说中写的那样，"掌声来早与来迟并不相干，终归会来便好。"

-叁-

爱情也是如此，来早与来晚都没关系，只要会来就好。

梁凤仪整理好身心重新出发后，很快就遇到了自己的真命天子——香港联合交易所董事会副主席黄宜弘。

两人在一次公司酒会上相识，梁凤仪的谈吐令黄宜弘非常欣赏，那时她虽已年近四十，但胜在见多识广、真诚、自然，只是言谈间还有些郁郁寡欢，难掩上段婚姻失败的阴影。

黄宜弘是个非常开朗的人，在追求梁凤仪的时候，他曾经别出心裁，坚持每天寄一只彩色气球到她的住处，持续了九十天。理由是医生说绚丽的颜色有助于舒解心情，而且三个月是最好的痊愈期。

梁凤仪问他："那为什么要选气球呢？鲜花也有鲜艳的外表。"

他笑着回答："不一样，气球是我每天早上自己吹的，那里面有我的问候和我的气息，它的温暖应该能伴你度过寒冬。"

这个温暖的小细节打动了她，而令她下定决心许以终身的，则是一场灾难。

可能是因为她有名又有钱，两名绑匪闯入了她独居的家中。整整八个小时里，她被蒙着面，独自与绑匪周旋。因为她的劝说，绑匪终于离开了她的家。之后，绑匪打来电话勒索，她借故拖延，让警察追踪到他们的位置将其抓获。

整个过程中，她没有掉一滴眼泪。梁凤仪的冷静和机智可见一斑。

反倒是黄宜弘从美国赶回来，拥着她落下了后怕的眼泪，并自责地说："一个男人爱一个女人，就应该有能力保护她。我没有做到，所以我不配说爱你。"为了弥补，他坚决不让她去法庭指认绑匪，怕给她留下阴影，自己则去了法庭，认清绑匪的样子，从此再也不让他们接近她。

她深深为之感动，知道这个男人是真心想保护她，由此坚定了要嫁给他的决心。

也许是因为都有过一次不如意的婚姻，他们更懂得自己需要什么样的婚姻、什么样的爱人。

这一次，梁凤仪没有再勉强自己做个标准的贤妻，而是抓住迟来的机会，充分绽放自己的光彩。

再婚后，她迎来了创作的高峰期，十年内写了上千万字，最高峰时每天创作一万五千字，每个月出两本书。

这一切离不开黄宜弘的支持。对于她来说，黄宜弘就像阳光，驱散了她曾经的阴郁，跟他在一起后，她几乎没有忧虑，不用担心自己脾气太大、性格太强。

她本来就是个"大女人"，只是以前没有认清自己，一心想做个依赖男人的小女人。而他，恰好能够欣赏她的独立和干练，又能够包容她的粗线条和暴脾气。每次他们争吵，不管谁对谁错，他总是低头说一句"老婆，我错了"。她在生活上近乎低能，一直不会用电脑，一百多部小说都是手写的，也不会收发短信、听留言，他从不勉强她改变自己。

她由于工作太忙，没时间为他洗衣做饭，也不会说甜言蜜语。可在他的公司出现信任危机时，是她站出来对着媒体强硬地表态："我们要对别人公平，也需要别人对我们公平，要是谁对我的老公不公平，我哪怕不要身家性命，也一定要讨回公道。"

在她的帮助下，黄宜弘的公司终于顺利渡过了危机。

这一幕，总是让我想到《傲骨贤妻》中的女主角爱丽舍，从传统的标准来说，爱丽舍和梁凤仪这样的女人都太硬朗、太强势，并不符合人们对"贤妻"的定位，但是谁能说她们不是好妻子？她们也许不会撒娇"卖萌"，却能在男人需要的时候，以战友的姿态站在他们身边。

好妻子的标准本来就不应该只有一种，有些女人只想做男人的小公主，有些女人却愿意做男人的战友。很难说哪种更好，只能看是否适合。

至少对于黄宜弘来说，梁凤仪是个好妻子，他给她打出了九十九分的高分，减掉的那一分，是因为她真的太爱发脾气了。

微启示

每次说到如何走出离婚的伤痛，就有人拿梁凤仪作为榜样来给离婚女性鼓劲。

为了安慰那个离了婚的姐姐，我曾买梁凤仪的小说送她，她看了后，发誓要像梁凤仪那样奋发图强，可没过几天就被打回原形了。

"逆袭"的故事总是那么激动人心，可没几个人能真正做到"逆袭"，因为这个过程实在太难。

想要成功"逆袭"，你需要百折不挠的勇气和日复一日的坚持。对于大多数女人来说，年龄是个万能借口，她们总是以年龄太大为理由拒绝重新开始。

对比一下梁凤仪，她三十多岁才开始写小说，等于完全进入了一个全新的领域。比这更"可怕"的是，她一写就坚持了长达十年，每天能写一两万字。

同样是离过婚的女人，不知有多少人羡慕梁凤仪的"幸运"。事实上，人们所认为的幸运，只不过是她努力了好久才发出的光亮。

成功是需要天时地利人和的，不是每个人都能"逆袭"成超级畅销书作家，但只要拥有和梁凤仪一样的智慧和果敢，任何人都能"逆袭"成更好的自己。

你，有勇气从现在开始"逆袭"吗？

胡因梦：活出最真实的自己

——与其取悦他人，不如活出自我

　　曾经，有一组林青霞和胡因梦年轻时的合影在网上疯传。人们纷纷惊叹，站在林青霞旁边的那个美女，即使和林青霞相比，也毫不逊色。

　　这位曾经和林青霞争芳斗艳的美女就是胡因梦。二十世纪七十年代至八十年代的台湾影坛，有"双林"（林青霞、林凤娇）"双胡"（胡因梦、胡慧中）并称"台湾四美"，四位都是令人们惊为天人的仙女级人物，后来，仙女们先后落入凡尘——林青霞嫁进了豪门，林凤娇做稳了"大嫂"，胡慧中嫁人息影。只有胡因梦，依然保持着天外飞仙式的生活状态，从影坛隐退后，转而走上了心灵修行的道路。

　　关于胡因梦的标签有很多：二十世纪七十年代文艺女神、李敖前妻、单亲妈妈、心灵修行作家、心灵修行导师。而在这些标签之下，是一个看似离经叛道实则真实坦荡的灵魂。

　　别人怎么看她，她并不在乎。她在乎的是，抛掉外在的光环，是否活出了真实的自己。

-壹-

　　美貌和才华，对于一个女人来说都是稀缺品，只要拥有其中任何一样就足以与众不同，能够集两者于一身，这样的人在人群中想不出众都难。

　　胡因梦就是极少数的幸运儿之一，上天实在是太偏爱她了。

　　她长得很美，是那种典型的东方美女，生就一张古典的鹅蛋脸，一双妩媚至极的杏眼，顾盼之间颇有些烟视媚行的味道。二十岁出头的她走过纽约的一条街，数分钟之内就有四个不同国籍的男人向她搭讪，可见她的美是东西通吃的。

　　大众对美女的期待是赏心悦目就行，而胡因梦远远超出了大众的期待，她是一个特别的美女。这种特别在于，她是美女中最有思想的；在才女中，她又是最美貌的。

　　她出身名门，本是清朝贵族瓜尔佳氏之后，父亲在清亡后改姓胡，四十九岁才生下她，取名叫因子，爱得如珠似宝。

　　生活在这样一个家庭，胡因梦却并不快乐。因为父母感情很早就破裂了，父亲常年不归，母亲则流连在麻将桌上。

　　胡因梦的母亲性格十分强势，婚姻失意之后，她掌控不了丈夫，就转而掌控幼小的女儿，女儿的饮食起居、社交应酬都由她一手操办，造成了胡因梦生活上低能、思想上叛逆的结果。

　　胡因梦小小年纪就显得颇为"另类"。十五岁时，父亲在外面另有所爱，她劝母亲不如和父亲分开，免得两人都受苦，母亲气得大骂她不孝，说她偏袒外人，是个"怪胎"。

在辅仁大学念书时，胡因梦就以特立独行闻名，她坦言自己大学就是在跷课、约会和歌舞中度过的，偶尔会穿超短裙，为防走光，用一个大麻袋包住屁股，裤子口袋里经常插着李敖的著作，肩上背着《禅悟》，手上捧着尼采和巴比伦占星学，自以为前卫得不得了。

十八岁她开始初恋，对象是一位外国人，她曾穿着两截中空的服装，露出雪白的小腹，脚踩一双"恨天高"与西方男友走在街上。有路过的台湾男子愤愤地说："太不像话了。"她一笑置之，依旧我行我素。

在大学里，她是个不安分的学生。刚念完大二，她就不顾父母反对，毅然从大学退学，独自一人跑到纽约去。说是进修，实际上是闲荡，顺便体验了纽约的多元文化和性解放。

当演员时，她同样是个不安分的演员。从纽约闲荡一年归来后，她正式步入影坛，从影十五年，共拍了四十多部电影。当时的影坛，流行的是玉女和打女，可她两条线路都没走，专演一些比较另类的角色，特立独行的舞女、跳海自杀的女老师、叛逆的女画家之类。她不愿意做导演的傀儡，对演出角色有自己的看法，在演艺圈以"不听话"出名。

这为她奠定了二十世纪七十年代"文艺女神"的地位，可她回想起演艺生涯来，只觉得荒谬可笑。从小看美国电影长大的她，对拍的这些片子大多瞧不上眼，往往一边演戏，一边暗自嘲笑对白的肤浅和荒唐。

那个时候的她，着迷的还是李敖、禅学和占星学，演戏时常常捧着一本哲学方面的书，旁若无人地看着。

－贰－

人和人之间是有磁场的，你是什么样的人，就会吸引什么样的人。

如果胡因梦不是一直沉迷于探索心灵思考人生，就不会有和李敖的旷世奇缘。

在那个年代的台湾，李敖的地位很高，不啻为思想巨人和心灵导师，他是一代年轻人的偶像，胡因梦便是他众多的粉丝之一。小的时候，她经常在家里听说李敖的怪事：父亲去世，在丧礼上李敖不肯哭，也不愿依规矩行礼；李敖是个大孝子，为表示对母亲的敬爱，李敖专门从台北扛了一张床回家送给母亲……

清晨上学和黄昏放学的时候胡因梦会偷偷地看看李敖的母亲——这位老太太经常穿着素净的长旗袍，头上梳着髻，手里卷着小手帕，低头从长长的沟渠旁走过。

早在读大学时，她就爱读李敖的书，做演员后她在报纸上开专栏，曾写过一篇文章叫《特立独行的李敖》，称赞李敖"文字仍然犀利，仍然大快人心，仍然顽童性格，最重要的，这位步入中年的顽童还保有一颗赤子之心。"

大美人的赞美令李敖十分受用，他特意把文章剪下来，放在自己的剪报夹里。

在朋友萧孟能的促成下，胡因梦第一次见到了李敖。初次见面，她有些意外。在她的想象中，李敖应该是个桀骜不驯的现代派人士，没料到亲眼看到的李敖完全相反："白净的皮肤，中等身材，戴着眼镜，鼻尖略带鹰钩，嘴形因牙齿比较突出，身穿长衫，看上去像黑白电影里保守的教书先生。"

李敖却对她一见钟情，看到胡因梦母女，他上去就鞠了一个九十度的"标准大躬"。不顾身边陪伴的正牌女友刘会云，一个劲儿地对着胡因梦赤裸的双脚行注目礼。

初见之后，李敖对胡因梦大为倾倒，展开了热烈的追求，他评价说："如果有一个新女性，又漂亮又漂泊，又迷人又迷茫，又优游又优秀，又伤感又性感，又不可理解又不可理喻的，一定不是别人，是胡因梦。"

他邀请她到家里去喝咖啡，打着邀请她参观他十万藏书的旗号。他们坐在沙发上聊天，他突然吻了她，并在她嘴唇上吻出了一个深紫色的吻痕。

　　胡因梦问他刘会云怎么办，他不以为意地回答说："我会告诉她：我爱你还是百分之百，但现在来了个千分之一千的，所以你得暂时避一下。"为了正式追求胡因梦，他给了刘会云二百一十万元台币，把她打发去了美国。

　　胡因梦母亲本来对这段姻缘举双手双脚赞成，认为全台湾只有李敖配得上自己的女儿。直到李敖无意中说出为刘会云花了太多钱，要她们母女补偿，她的态度一百八十度大转弯，变成了举双手双脚反对。

　　母亲不反对还好，她一反对，胡因梦就忍不住竭力反抗。她穿着睡衣跑到李敖家，在朋友的见证下，和李敖举行了婚礼，婚纱就是身上穿的那身睡衣。

－叁－

　　一个是举世闻名的才子，一个是旷世难得的佳人，按理说两人相当登对。可惜的是，才子和佳人的婚姻仅仅维持了一百一十五天，因为在一段婚姻里，既没有伟人，也没有美人，他们爱上的都是对方的幻象，反而接受不了彼此真实的样子。

　　李敖迷恋的是一个类似"文艺女神"的角色，有着雪白的双足和不染人间烟火的美貌。生活在同一个屋檐下，他才发现，原来女神整天赤着一双脚在家里走来走去，脚底也会变得灰黑难看。他还发现，女神原来还是个生活低能儿。有一次，胡因梦下厨为李敖煲排骨汤，却因为不知道冰冻的排骨需要先解冻，而被李敖骂作"没常识的蠢蛋"。

胡因梦倾慕的则是一个思想和文化上的偶像，却发现偶像也是凡人，一身的小心眼儿和坏脾气。他对她好时，会把她宠上天，每天早上她醒来时，床头一定整齐地摆着一份报纸、一杯热茶和一杯热牛奶，是他为她精心准备的。但发起脾气来，他会大声责骂她，有时还跑到自己别处的房子，把门锁起来，不接胡因梦的电话，任她在门外哀求几小时，等到她承认错误道歉以后才把门打开。

他还有"绿帽恐惧症"，在一次胡因梦出门慢跑了一个小时后，李敖很不开心地说胡因梦慢跑一定会和路上的男人眉来眼去，所以不准她再跑步了。

两人的根本分歧，还在于生活方式与价值观的不同。李敖的生活就像是一台精准的机器，每天按时起床，一个人在书房里集中精神搜集资料、做剪贴。他不抽烟、不喝酒、不听音乐、不打麻将，可以说没有任何娱乐活动，只有工作。胡因梦生性浪漫，不时放些自己爱听的音乐，跳她自己发明的"女巫舞"，在李敖面前嬉戏。

胡因梦是那种渴望与爱人亲密联结的女人，她和初恋情人也有过身心全方位的深情融入。李敖呢，总是有种"唐璜情结"，对女人若即若离、忽冷忽热。他的爱情观，在其所写的风靡一时的《只爱一点点》歌词中体现得淋漓尽致。

> 不爱那么多，
>
> 只爱一点点，
>
> 别人的爱情像海深，
>
> 我的爱情浅。
>
> 不爱那么多，
>
> 只爱一点点。
>
> 别人的爱情像天长，
>
> 我的爱情短。
>
> 不爱那么多，
>
> 只爱一点点，
>
> 别人眉来又眼去，
>
> 我只偷看你一眼。

　　胡因梦分析说，李敖常常以"情圣"自居，实际上这样的情圣是最封闭、对自己最没有信心的，他们表面上玩世不恭，游戏人间，以阿谀或宠爱来表示对女人的慷慨，赢得女人，然而在内心深处他们是不敢付出真情的。

　　所以，每次她渴望着能和他融为一体时，却发现他紧闭心扉，将她拒之于门外，久而久之，她开始怀疑两个人在一起是否合适。

两人最终决裂，还是因为轰动一时的萧孟能家产案。这场纠纷中，因胡因梦出庭作证，使李敖在官司中败诉，更让李敖因此入狱半年。

胡因梦忍不住感叹："我发现偶像只适合远观，一旦生活在同一个屋檐下，所有琐碎的真相都会曝光。"

离婚后，以"情圣"自居的李敖对这段情事津津乐道，每次提起这位美女前妻时，他总是加以调侃。不仅在回忆录里大写特写，还在接受记者采访时说："我是个完美主义者，有一天，我无意推开没有反锁的卫生间的门，见蹲在马桶上的她因为便秘满脸憋得通红，实在太不堪了。"

比较起来，倒是胡因梦有风度得多。在她的自传里，她并没有刻意攻击或贬低李敖，甚至称他是最令她"感恩"的男人。当然，感恩两个字是加了双引号的。对于一个有志于追求心智成熟的女人来说，好的关系会给她养分，坏的关系则会促她自省，胡因梦之所以要"感恩"李敖，正是从这个角度出发的。

一段关系结束后，大度的往往是那个已经放下的人；反之，念念不忘的那个则并没有彻底放下，男人忘不了前任，通常只因后来没有遇到更好的。李敖如此喜欢提及胡因梦，可能是因为在他众多女友中，胡因梦的才貌是首屈一指的。

−肆−

同样是爱上薄幸才子，张爱玲离开胡兰成后，生命和才华几乎都就此萎谢了，胡因梦却在离开李敖后，迎来了更为开阔和丰富的生命。她曾说过，自己在三十岁以前是懵懂的，三十岁以后才慢慢学着去活出自我。

三十五岁后，她在声名最煊赫时告别影坛，终止了一切演艺事业，全面投入心灵修行领域的探索和创作中。

四十二岁那年，她生下了女儿洁生，成为单亲妈妈，女儿的父亲身份至今成谜。她并没有单身母亲常有的焦虑和不安全感，她说女儿是自己选择生的，男方不需要负任何责任，包括金钱上的责任。

如今的她早已年过六十，头发剪得短短的，喜欢穿黑灰色棉质长袍，鼻梁上架一副黑框眼镜。岁月夺走了她曾经惊人的美貌，爱她的人们为之惋惜，她却坦然地表示，当一个原先拥有美貌的人失去了昔日的光彩，反而有一种卸下沉重负担的松快感。她翻译和出版了三十多本著作，在国内外各地演讲，与"胡大美女"的头衔相比，她更喜欢别人称她为"胡老师"。

和同时出道的女明星相比，胡因梦走了一条截然不同的道路，以世俗的标准来衡量，这条路也许并不光鲜，甚至密布荆棘、并不安全。不是每个人都能理解心灵修行，很多人撰文攻击她，称她投身于心灵修行领域是误入歧途，为她感到可惜。

对于是是非非，她淡定地说：我的人生无需完美，只需向自己交代。

这是一个真正活出了自我的女人，尽管这个自我在大众看来是离经叛道、是非主流的。我们都说要活出真实的自我，可是有几个人敢把自己内心不为人知的一面坦露出来？她敢！她在自传里毫不讳言自己的经历，以及与已婚男人交往，对内心有过的怯懦和黑暗面也毫不掩饰，真实到近乎惊世骇俗。

与完美的"假我"相比，她更愿意做真实的自我，尽管这真实显得不那么可爱，不那么尽如人意。

微启示

我终于知道为什么在读过胡因梦的自传后渐渐喜欢上她了，原因正是这份真实。她走的路未必一定是正确的，她提倡的理念未必一定是对的，但这种勇于活出自我、不断从内心获取力量的精神着实给人以启迪。比方说，她倡导女性在情感上要自给自足，不要从外界寻求满足感。

黑塞有段名言说："对每个人而言，真正的职责只有一个——找到自我。他的职责只是找到自己的命运——而不是他人的命运——然后在心中坚守其一生，全心全意，永不停息。所有其他的路都是不完整的，是人的逃避方式，是对大众理想的懦弱回归，是随波逐流，是对内心的恐惧。"

你可以找到自我并在心中坚守一生吗?

当然可以。前提是,你得像胡因梦一样内心强大。

安妮宝贝：前半生是安生，后半生做七月

——自由和安稳总是不可兼得

　　我去电影院看了《七月和安生》，和小说不一样的是，电影用了"互换人生"的概念，让七月和安生分别活成了对方的样子。

　　七月和安生，就像一个人的两面，有多少和七月一样的乖乖女，内心里始终埋藏着一座活火山？又有多少和安生一样的叛逆少女，终其一生渴望的只是爱与宁静？

　　都说自由和安稳不可兼得，可创造出她们的作者，却将这两个角色奇迹般地融于一身。

　　她就是安妮宝贝，后来更名为庆山。

　　前半生，她是特立独行的安生；后半生，她是温和宁静的七月。这并不是互换人生，而是一个始终忠于内心的人随着岁月的流逝，不断成长的过程。

　　正如她自己所说，七月与安生，代表的是一个人自我的两个面。两者没有隔离，互为一体。没有纯粹的七月，也没有纯粹的安生。每一个人心里都有两面。

七月和安生，就是一个女人生命中的两个阶段。只要一个人不断追求更加完善的自己，必将成长为想要的样子，一如安妮宝贝。

-壹-

1998年，网络刚刚兴起，远没有现在这样普及。一个叫励婕的年轻姑娘，拥有了人生中第一台兼容机，成为可以上网的第一批人。

那时她只有二十四岁，在宁波一家银行工作，闷闷的，不太爱说话。她是在浙江海边的村庄长大的，童年的她有时躺在屋顶平台远眺高山，可当站在山顶的时候，看到的依旧是这种一种深不可测的神秘。她后来说，一个人拥有在乡村度过的童年，是幸运的际遇。一个人对土地和大自然怀有感情，使他与世间保持微小而超脱的距离，会与别人不同。

和很多热爱文艺的姑娘一样，她内心积了许多话无处诉说，也不知和何人诉说。

所幸有了网络，她在网上闲逛之时，来到了一个叫"榕树下"的网站，发现这里聚集着很多文学青年，于是她信手打下了"安妮宝贝"四个字，算是她行走网络的"马甲"。

她自己也没有想到，这个名字将会从二十世纪末的网络一直风靡到新世纪初，无数少女成了她的拥趸，渴望做和安妮宝贝一样的女子。

当年我也是这众多拥趸中的一员，和许多迷恋安妮宝贝的女孩一样，渴望做安妮宝贝笔下的女主角，穿朴素的白棉布裙子，有甜美的笑容和歌声，光脚穿球鞋，义无反顾地爱、义无反顾地呼应心灵的召唤而生活。

记得最开始看的是《告别薇安》和《七月与安生》。那时的安妮宝贝真是才华横溢，她只是畅所欲言，那些锐利而略带颓靡的文字直击人的灵魂，你也许会被打动，也许会被刺伤。那个时候才知道原来一个人可以这样去写作，她几乎达到了不用技巧的地步，只是纯粹地描绘、叙述，没有离奇的情节铺展，没有庞大的叙事结构，却同样直击人心。相信和我有同感的人很多吧，所以安妮宝贝成了当时网络作家中最不喜欢炒作却又最火爆的一个。

看得出她受亦舒影响颇深，个人认为尤其是受《连环》这部小说的浸染。都说安妮宝贝的书里变来变去永远都是同一个男主角和女主角，喜欢她的朋友可以去看看亦舒的《连环》。阿紫的灵魂附在了"安生们"的身上，连环的某些特质也很好地被男主角吸收了。同样，安妮宝贝平淡的叙事风格以及不追求情节曲折，这也和亦舒如出一辙。

但安妮宝贝和亦舒不一样，她小说中的人物更令我们这些小镇姑娘感到亲切，她描绘的生活方式也更易模仿。

毕竟，不是谁都像亦舒小说中女主角那样穿得起开司米大衣，喷得起"午夜飞行",而模仿安妮宝贝中的女主角,只需光脚穿球鞋,加一条棉布裙子,显然容易复制得多。

亦舒小说中的家明永远是"男二",在安妮宝贝的小说中则成功转正为男主角,那些家世清白、性格温良的理工科男身上都可以看到家明的影子。没办法,内地小城很难找到勋存姿那样出手就送一座城堡的巨富子弟,像家明这样的"经济适用男",遇见的可能性大得多。

-贰-

安妮宝贝好像很偏爱"安"这个字,她小说里的女孩子总是叫安或者安生。

与此相反的是,她们都过着无比动荡的生活。她们都没有固定工作,性格凛冽孤傲,一生放纵不羁爱自由,而自由的代价往往是生命。安妮宝贝笔下的女子大多死于难产或自杀,在《七月与安生》《最后约定》中,伤痕累累的女主角去世后留下一个孩子,新鲜洁净的生命延续着他和她的爱。

安妮宝贝本人就像她小说中的女主角,也是拒绝入世的、疏离的、叛逆的。本性上她是一个喜欢独立和自由的人,不愿意跟随某种团体规则或秩序,不随着大流走。她曾写过,有些人喜欢在一条窄窄的小道上独自走到黑，而不在大广场里凑热闹。这说的就是她自己。

她很不喜欢银行那份工作，坚持辞职，二十五岁那年，她终于辞掉工作，一个人跑到了上海。进过广告公司，当过编辑，编过杂志，一直坚持做的事是写作。

她曾经说过，自己是个晚熟的人，三十三岁的时候，心还是二十岁的。她和安生们一样，有着过于漫长的青春期，很长一段时间都在书写着青春的疼痛和迷惘。

写作对于她来说是一种庇佑，让她可以任性地不去做那些她不喜欢的工作，也让她有了更多的选择。很多女"文青"追求的财务自由，她很早就得到了，她的书销量动辄上百万册，一本书拿了上百万元的版税，她当即去北京买了套三环内的精装房。

她是被时代选中的那个人，安妮宝贝甚至成为一种文化现象，她的写作为她赢得了巨大的名气。但在写作之外，她始终是疏离的，不透露私生活，不接受访问，连流传的照片来来回回只有那么几张。

她借写作来寻找自由，很多女孩则借她的小说来寻找同类。她们就像七月和安生，曾经处境相似，彼此陪伴抚慰，如同相爱。后来纷纷失散，相忘于江湖。

有人指责她的书毒害少女，称里面的女生不是堕胎就是抢别人男友，甚至不少是自杀身亡。

对此，她淡淡地回应说：我从来不觉得一部作品会伤害到他人，除非他们自己决定伤害自己。

她的读者慢慢长大了，有些人开始羞于提及曾经热爱过她。从《告别薇安》到《彼岸花》，那段时期安妮宝贝的作品有浓厚的颓废色彩，文字如此，思想和情感也是如此，她仿佛总是在重复同一种梦魇，喃喃地述说相同的梦境。

我曾经以为，就像陈晓旭一辈子只演了林黛玉，安妮宝贝一辈子也只写了一种书，你可以用其中任意一本作为她的代表作，《七月与安生》《暖暖》《彼岸花》《八月未央》，诸如此类。和其他作家相比，她自有其鲜明的风格，这种风格又根深蒂固地烙印在她的每本书中。安妮宝贝好比本色演出的演员，突破不了自身形象的限制。

-叁-

就在一个又一个读者宣布要告别安妮宝贝时，人们突然发现，安妮宝贝变了。

这种转变，在《素年锦时》中已经露出端倪。

那本书的封面很精致，像是从一匹织锦上面裁下来的。张爱玲把人生比作一袭华美的袍，上面爬满了虱子，底色还是华丽的；安妮宝贝却认为大段大段的日子是朴素无华的，偶尔的欣喜就如缀在素衣上的那一小段流苏，所以，她记载的是记忆中花团锦簇的日子，温暖祥和，有别于写《告别薇安》《八月未央》那时的尖锐凛冽。

《素年锦时》中唯一的一篇小说《月棠记》也写得唯美平静，用她自己的话来说，这是一个"成人的童话"。童话的女主人公其实就是安妮宝贝自己，童话讲的是她现在的生活状态以及她向往的梦想，当初那个穿白棉布裙、球鞋，渴望流浪，一直颠沛流离的女孩已经成长为一个唯愿"现世安稳、岁月静好"的小妇人，安妮宝贝终于从云端坠入凡间。

关于安妮宝贝的种种，多是道听途说。她对外界一直警惕而防备，很少透露私人信息，听说她结过婚，又听说她离婚了，都没有实在的证据。唯一可以证实的是，她确实生了个女儿。

在《月棠记》中她隐约写到所嫁的那个人，说他有一双细长眼尾的眼睛，十分清秀。他们是在诗经会上相识的，到她决定嫁给他，不过十五天的时间，两人只见过三次面。

这个男人的身份也是个谜，安妮宝贝用"有趣"来形容他，我们只知道他会修整草坪，耐心种一盆花，养活一缸鱼，手工做一个木书架，或下厨煲一锅汤。他追求她的方式是写信，送她回家时总是特意从驾驶座上走下来，郑重地和她道别。

除此之外，我们对他姓甚名谁，从事什么工作，并不知晓。

他们住在农场里，过着桃花源式的生活，一起种芭蕉、欧洲绣球、蜀葵、栀子、青竹。在清晨，她摘下金银花枝头初放的绿色花苞，收集起来给他泡水喝；在黄昏，则和他一起散步，共同眺望天边的晚霞。这样的生活，让人想起《浮生六记》中的沈复和芸娘，但安妮宝贝和她的家人显然在物质上富足得多。

经过多年身体和情感上的漂泊后，她终于找到了宁静，那是她一直为之向往的人生状态。

当年的那个桀骜少女不见了，取而代之的是一个温柔的妻子和母亲，她的人生梦想，已经变成了"找到一个温厚纯良的男子，与他同床共枕、相濡以沫、生儿育女、白头偕老"。

总有些读者对她不满意，以前不喜欢她太过颓废，后来则不喜欢她泯然众人。她给出的答案是，一个人不可能永远停留在二十五岁，这样的话他写的作品是毫无意义的。如果写了十五年，依然在写二十五岁、二十六岁感兴趣的事，比如在情感中的困惑、迷惘，或者对这个世界的怀疑，那么这个人的十年是白过的，跟没有活过一样。

对早期的创作，她并不抵触，她说人对过去不需要有任何羞耻感。所有的困顿、迷惘都是真诚的、新鲜的、有活力的，也积累着以后蜕变的资本。

−肆−

四十岁那年，她给自己改了个笔名叫庆山。

这两个字都是她喜欢的，"庆"有欢喜赞颂的意思，"山"则是因为她旅行时爬过很多大山，山总给她一种安稳的感觉，仿佛跟天地都联结在一起。

了解了这个名字的含义，我们就会发现，她的转变并不突兀，她一直在漂泊，但她向往的是山一样的安稳。

在她还是安妮宝贝的时候，就有人说，她仿佛生活在过去的时代里，而当她成为庆山后，这个特质就更明显了。

她开了个微博，偶尔在上面晒晒自己的生活，莳花弄草、焚香、诵经、养育女儿。她作品中关注的人物，也从流浪女"文青"变成了世界的隐退者。

香港文化学者马家辉评价她说，她越写越深，越写越安静，往自己心里面挖。

很多人觉得她这样转变是为了迎合市场，我倒觉得，不管是叫安妮宝贝还是叫庆山，她都是一个忠于内心的人。从写作之初，一直到十几年以后，她关注的始终是个体的跋涉、自省、觉知和试图完善。

她曾经是时代的弄潮儿，如今却甘当一个时代的落伍者。她的微博上，基本都是个人生活的碎片，不宣传，不推广，不哗众取宠。

我始终觉得，一个人活得像她这样自我，外表看上去再温柔安静，骨子里仍是特立独行的。

她有她很酷的一面，比如，不管人们如何评判，她都不解释，不辩解。

人们总说她以前颓废，其实她奉行的价值观是一个人必须做事，她从来没有荒废过自己的事业。

微启示

关于爱情，安妮宝贝坚持认为，最可怕的关系是互相黏缠，你占有我，我占有你，一百年不许变，而真正好的关系是让彼此都得到自由。

她同样是个很酷的母亲，注重与女儿保持距离，当她的女儿满了两岁，请了保姆后，她就恢复工作，会在书房独处很长时间，也间或有或长或短的旅行，她希望和女儿一起成长。

她仍然在反叛世俗的规则，只不过以前这种反叛是尖锐的，现在锋芒渐渐收敛。

从安妮宝贝到庆山，十几年时间，我们和安妮宝贝一同成长，一同从叛逆归于平凡，随之而去的，还有那一去不复返的青春的疼痛。

不是不伤感，但还是笑一笑，扬起头继续向前走吧。前面，也许会有一个更好的自己在等着我们。

卷二

一切遗憾，皆是成全

人们总是喜欢把女人的不幸归咎于遇到『渣男』，可决定女人幸福的，从来不是男人，而是她自己。爱什么人，与什么人在一起，都是她自己的选择、自己的眼光。有什么样的爱情观，就会遇到什么样的爱情。

赵四小姐：所谓传奇，不过是水滴石穿的坚持

——不完美，才是爱情的真相

　　"死生契阔，与子相悦；执子之手，与子偕老。"

　　这是一首最悲哀的诗……生与死与离别，都是大事，不由我们支配的。比起外界的力量，我们人是多么小，多么小！可是我们偏要说："我永远和你在一起，我们一生一世都别离开。"——好像我们自己做得了主似的。

　　这是范柳原在《倾城之恋》中说的一段话，我猜张爱玲写《倾城之恋》是受了张学良与赵四小姐故事的启发。女主角白流苏的境遇，总让我想起现实中的那个民国女子赵四小姐。

　　有时候，人的力量是如此微薄，所以我们的爱情需要外界环境的成全。就算是赵四小姐这样的佳人，也要烽火乱世才能成全她的风华与爱情。

　　传奇的诞生，需要很多很多的努力，再加上一点点运气、一点点机缘巧合。人们总是说赵四小姐能留在张学良身边纯属上天安排，他们看不到她是怎样一步步努力走向她的少帅，费尽了所有的力气。

　　这段相伴了七十二年的旷世情缘，有一小半是战争成全的，倒有一大半是出于赵四小姐的坚持和智慧。

—壹—

　　"赵四风流朱五狂，翩翩蝴蝶正当行。"

　　提到赵四小姐，人们第一时间想到的就是"风流"二字，这很大程度上拜马君武的这首打油诗所赐。

　　老实说，头一回看见赵四小姐年轻时的黑白照片，我完全不敢相信自己的眼睛。小时候看了太多以她为主角的影视剧，剧中的女子涂着浓烈的大红唇，妖娆妩媚，充分满足了人们对于"红颜祸水"的想象。

　　真实的赵四小姐，身上没有半分妖娆的气质，黑白照片中的她留着清汤挂面的齐肩长发，身材纤瘦，腰肢细得若弱柳扶风，整个人素淡得宛如民国女学生。

　　她的美是清淡的、毫无攻击性的，完全看不出，外表这样纤弱的一个人，追求起爱情竟然会那样全情投入、不管不顾。

　　世人都以为她只不过是张学良俘虏的众多红颜之一，却忽略了她才是这段感情中占主动权的那个人。

　　赵四小姐第一次走近她的少帅，是以私奔这种惊世骇俗的方式。

　　他们是在天津蔡公馆的舞厅相识的，那时候，他已是横刀立马的风流少帅，她还只是天津中西女中一个不为人知的女学生。

　　她是父亲赵庆华的第四个女儿，出生时天空出现了一道绮丽的霞光，所以名字叫赵绮霞，取诗句"余霞散成绮"之意，也叫赵一荻，因在家中排行第四，外人都叫她赵四小姐，赵一荻则是她英文名的中译名。

　　赵家虽不能同东北张家相提并论，可也是当时数得上的名门。赵庆华曾任东三省"外交部长"，后官至交通次长。赵家的几个姐妹，绛雪、缣云、绮霞等人，在父亲的福荫下，都拥有如名字一样诗情画意的少女时光。

　　那时的世家女子流行去私人舞会，蔡公馆的舞会就以名流咸集闻名。赵四小姐十几岁时已经出落得亭亭玉立，很快成了天津舞会上一道不可不看的风景。

　　正是在一次舞会上，赵四小姐经大姐绛雪介绍，认识了人称少帅的张学良。一曲天鹅舞步跳下来，两人渐生默契，成为舞池中的焦点。接下来的几天，他只邀她共舞，舞步飞旋，少女的心也随之飞扬。

　　年轻时的张学良英气勃勃，舞跳得好，英语说得溜，又自带"少帅光环"，很快就征服了少女赵四小姐的心。

　　两人分别之时都依依不舍，回到东北的张学良生了场病，病中他托人给赵四小姐带去一封信，说自己很想她，盼她能去东北一聚。

在温室里生活了十几年的赵四小姐生平第一次面临人生的重要选择：去，还是不去？去的话，她已有未婚夫，对方也早有妻室，不去的话，她又如何舍得下他？

最终，她毅然登上了北去的火车，父母兄姐一起为她送行。几天后，父亲赵庆华在报纸上发表声明，称四女绮霞为自由平等所惑，竟然私奔了，要和她断绝父女关系。

赵四小姐当时大惑不解，父亲明明是同意她去沈阳的，怎么又登报说她私奔了？直到多年以后，她才明白父亲的苦心：他深知张学良多情，所以特意用这种方式断了他的退路，并借此机会急流勇退。

这招果然有用，张学良原本只是把她当成众多情人中的一位，现在骑虎难下，只得将她领进了沈阳帅府。他的发妻于凤至看着面前这个小女孩，一时有些为难，不知该给她什么身份，最终，于凤至同意她以女秘书的身份留在丈夫的身边。

赵四小姐一口答应了，女秘书也好，女侍从也好，身份什么的她不在乎，她在乎的是能留在心爱的男人身旁。

这个怯生生的小女孩，就这样如愿以偿走到了张学良的身边，留在了帅府内。她独自住在帅府东侧的一栋小楼内，卧室设在西北角，这里虽然比其他房间阴冷，但晚上只要一抬头，就能看见张学良位于大青楼的办公室灯光。

这场所谓的"私奔"，给她带来了一个女秘书的头衔，也给人们营造了"赵四风流"的印象。九一八事变后，马君武写了两首打油诗，讽刺日本人占领东北时，张学良却在舞厅里和赵四小姐等人共舞。事实当然并非如此。

人们总是习惯将男人的过错归咎到女人身上，赵四小姐便是被如此对待的。她无端被扣上了一顶"风流"的帽子，无从辩驳，也没想过要辩驳。

她静静地守在他身旁，静静地生下了一个儿子，和于凤至也相处得颇为融洽。她是个沉静的人，终其一生都没为自己辩解过。

误解她的人可能会一直误解下去，理解她的人却从她的沉默里，读到了一个旧式女子固有的隐忍和高贵。

-贰-

如果没有西安事变，张学良一生都会情债不断，赵四小姐充其量不过是一个分量比较重的"女秘书"。

在那场轰动全国的事变之后，张学良由叱咤风云的少帅沦为阶下囚。在宋美龄等人的恳求下，蒋介石对他网开一面，允许他身边留个亲人照顾他。

一开始陪在他身边的是于凤至，于凤至是他名正言顺的妻子，自然拥有优先陪伴他的权利。当于凤至陪着张学良辗转浙江、湖南、贵州等地时，赵四小姐带着幼小的儿子远赴香港，没有一天不挂念她的少帅，但她有心无力，毕竟她根本没有资格和他的发妻抗衡。

上天给了她一次机会。于凤至不幸染上了乳腺癌，病情危急，在战乱中根本没办法得到良好的治疗，不得不赴美国治病。

两封电报摆到了赵四小姐的面前，一封是张学良写的，一封是戴笠写的，内容大同小异，大致都是说于凤至病重要去美国，问她愿不愿意去贵州陪伴张学良。

就跟多年前一样，赵四小姐又面临着两难的选择。应该说这次她更加为难了，因为儿子张闾琳只有十岁，正是需要她的时候。

一边是幼小的儿子，一边是被幽禁的"丈夫"，究竟应该如何抉择？

赵四小姐没有太多犹豫，毅然选择将儿子托付给美国的友人，自己独自一人奔赴贵州。她有一万个留在香港的理由——这里生活舒适，亲友在旁，却敌不过一个去贵州的理由——那里有她最爱的男人。为了他，她甘愿自投牢笼。

赵四小姐从天而降，取代于凤至来照顾幽禁中的张学良。

此一时彼一时，贵州的阳明洞怎能与沈阳的帅府相比？数年前，他还是意气风发的少帅，如今却成了愁容满面的囚徒。

唯一不变的是，她依然爱他，她对他的爱，并没有因为他地位的变迁而减少半分。她守在他身边，从贵州阳明洞到台湾新竹井上温泉，整整五十年不离不弃。在幽居岁月里，她为他缝制衣服、烧茶做饭，鼓励他潜心读书、研究明史，她用她的柔情，慰藉了他的失意。

这一次，她彻底走进了他的心中。

−叁−

1964年7月4日，一场特别的婚礼在台北举行。

新郎张学良已经六十四岁，新娘赵四小姐也已五十一岁。为了这一天，她足足等了三十五年。那一天，她穿上了大红的旗袍，戴着白色珍珠项链，薄施粉黛，站在白发苍苍的张学良身边，依然保留着昔日的风韵。

当牧师问她是否愿意嫁给身边这个男人时，她眼含热泪，庄重地说出三个字："我愿意。"

这是一场迟到的婚礼。

张学良在宋美龄的引导下改信基督教，蒋介石和宋美龄以基督教教义只许一夫一妻为理由，劝他和于凤至离婚。

在此之前，张学良从来没有动过背弃于凤至的念头，哪怕他们后来数十年没有见过一面，他始终认定她才是自己的妻子。可后来，于凤至为让他重获自由，频频发表触怒蒋介石和宋美龄的言论。因为担心他的安全，于凤至不得不签署了离婚协议。但直到老死，她仍以张学良夫人自居。

于凤至的退让，最终成全了张学良和赵四小姐。在苦等三十五年之后，赵四小姐终于不再是那个没名没分的"女秘书"了。

事实上，这两个女人一心想争夺的"陪护权"，并不是份光鲜的差事。长期的幽居岁月，赵四小姐跟着张学良吃了很多苦，他们失去的不仅仅是优裕的生活，还有尊严和自由。负责监视他们的刘乙光，他的太太因不堪孤寂发了疯，张学良和赵四小姐不但没有发疯，还双双享以高寿。

这要归功于赵四小姐的苦心经营。她是个真正有智慧的女人，性格淡然超脱，对生活和爱情都舍得花心思去经营。

环境再艰苦，她也尽量为自己和张学良维持着体面的生活，以前没下过厨的她，学了一手好烹调功夫，烧出的菜连挑剔的张大千也赞不绝口。不能外出采购时装，她就自己缝制衣服，张学良穿的便服和她穿的布衣都是她缝的，即使是一件普普通通的蓝布衣服，她也能剪裁得十分得体，穿在身上令乡间的妇人们艳羡不已。

孤独苦闷时，她陪他唱京剧，听他哼唱着最爱的《四郎探母》，陪他下围棋、钓鱼、打猎。张学良研究明史时，她就是他的资料员，负责给他摘抄朗读；张学良信奉基督教，她也跟着他去教堂受洗礼。

他们之间的情意并未被岁月磨掉，反而随着时光的积累愈加情笃。1990年，被幽禁了大半辈子的张学良夫妇终于获得了去美国探亲的机会，感受着夏威夷灿烂的阳光，呼吸着这里自由的空气，白发苍苍的张学良像个孩子对赵四小姐撒娇说："我要留在这里不走了！"

赵四小姐微笑着同意了他的要求，回台湾变卖家产后，他们选择到夏威夷定居。这辈子，他在哪里，她就跟着去哪里。

晚年赵四小姐身体并不好，她曾患过红斑狼疮，有过骨折；长期抽烟，肺部出现癌变而动了一次大手术，切除了半边肺叶，之后一直呼吸困难，成为影响她晚年健康的主要因素。

她对侄女说："我太累了，可我不能走，因为你姑爷需要我照顾。我这辈子最爱的就是上帝和他。"

她拖着病弱的身体继续照顾他的衣食住行，张学良爱去海边散步，担心风大吹了受凉，她便精心用柔软的毛线给他织瓜皮线帽，那样的帽子她织了很多顶，够他用一辈子了。

张学良百岁寿诞的时候，在夏威夷举行了隆重的庆祝仪式，亲朋好友纷纷前来祝贺。他头上戴着她为他编织的深蓝色毛线瓜皮圆帽，脖子上挂着大红和粉红的两串花环，身边站着穿紫红色长裙、挂黄色花环的赵四小姐。

那时，她已经很虚弱了，前一刻还躺在病床上起不来。他们坐在轮椅上，相依相偎，留下了他们一生中最后一张合影。张学良当着满堂宾客的面握着赵四小姐的手，用东北话深情地说："我太太非常好，最关心我的是她！这是我的姑娘！"

听了这话，赵四小姐的脸上泛起了如少女般娇羞的笑容。她和他携手走过七十二个春秋，终于等到了他骄傲地宣称"这是我的姑娘"。

二十几天后，她在病床上溘然长逝。临终前，他紧紧握着她的

　　金枝玉叶，指的不是一种身份，而是一种品质，像金子一样硬，像玉石一样温润。一个女人出身再低，只要拥有这些品质，就配得上"金枝玉叶"四个字。

一个女人无论到了什么年龄，仍然可以活出全新的可能性。

手，在她耳边一声声呼唤着她的乳名，她死去三个多小时后，他才在亲人的劝说下恋恋不舍地放了手。

张学良在一年多后去世，留下的遗嘱是："与夫人合葬于神殿之谷。"

其实于凤至死后，她的墓旁也为张学良留了一个位置。只是面对两个女人的深情，张学良再一次选择了赵四小姐。

在那些漫长的幽居岁月里，他和她的生命早已融为一体，连死亡也不能将他们分开。

-肆-

张学良和赵四小姐的故事，经过时光的沉淀，早已成为人们仰望的传奇。

在写这个故事的过程中，我常常想，到底是什么成就了这段传奇？

我曾经以为是战争。

张学良是个很风流多情的人，自称"生平无所好，唯一爱美人"，交往过的女人多达十一个。若不是软禁断绝了他亲近女人的可能性，他肯定到老都难改风流的习性。

赵四小姐自己也说过："要不是西安事变，我和他早完了，我受不了他那么多乱七八糟的事儿。"

但战争只是外力，真正的内因是她爱他，远远超过其他女人对他的爱，只有于凤至可以与之抗衡。

蒋士云等人爱的是张学良的那份风流、那种英武，她们所爱的他，是被"少帅光环"笼罩着的他。一旦光环褪去，要她们陪他去荒僻乡村幽居，或许她们是无论如何也做不到的。

能够不离不弃的只有赵四小姐，唯有这个女人。

所以，她们对赵四小姐深深叹服。有人说她傻，更多的人则被她打动。宋美龄原本是很不喜欢赵四小姐的，后来也慢慢改观了。

张学良不管是得意还是落魄，赵四小姐都视他为英雄，她一生从不为自己辩解，却在晚年撰文为张学良鸣不平，说他热爱祖国，勇于牺牲。

对于传奇，过去流行致敬，如今却流行解构。

于是，张学良和赵四小姐的爱情故事，就被解读成一地鸡毛、惨淡真相。

不可否认，他们的爱情并不像人们想象的那样完美，可正是由于不完美，才使得这样的爱情看起来分外动人。

微启示

罗曼·罗兰曾说："真正的英雄主义，是认清生活的真相之后依然热爱生活。"

我所理解的传奇也类似于此，爱之于赵四小姐，是她疲惫生活中的英雄梦想，是在认清了爱情的真相后依然守护爱情，是日复一日的坚持和水滴石穿的柔情。

赵四小姐之后，再无传奇。

因为再没有人可以和她一样什么都不想，只想成为他的姑娘。

郭婉莹：一生精致，一世体面

—— 生活给我什么，我都收下

在众多出生于民国的名媛中，身为永安百货郭氏家族四小姐的郭婉莹并不起眼。如果不是因为陈丹燕的著作《上海的金枝玉叶》，她的名字可能已被淹没在历史的烟尘里。

我却对她一直有亲近之心，因为我客居的广东小城中山，恰好是她的老家。看了陈丹燕的书后，她的名字连同她的故事一同嵌入了我的脑海，再也挥之不去。

有一种女人，初看不起眼，后来越看越舒服，郭婉莹就是这种女人。和她年轻时的长相相比，我更喜欢看她老年时的照片，暮年的她有一张饱经沧桑的脸，仍然烫着时髦的卷发，化着得体的淡妆。

我从未见过如此精致的老太太，做女人精致一时不难，难得的是精致一辈子。在她的脸上，几乎找不到苦难留下的痕迹。谁能够想到，她那恬淡的笑容背后，隐藏着多少惊心动魄的磨难。

这个活了八十九岁的女人，经历了近百年的风霜，内心依然洁净芬芳。那芬芳弥漫至今，不绝如缕，幽幽地散发了近一个世纪。

— 壹 —

少女郭婉莹是一个典型的被富养长大的女孩子。

说她是含着金钥匙出生的也不过分，她的父亲郭标是永安公司的创始人，当时是上海最新潮的百货公司，太太小姐们都以去永安公司购物为荣。

而郭婉莹是郭标最疼爱的四女儿，他给了这个女儿最优渥的物质生活和最丰盛的爱。

郭婉莹是在澳大利亚出生的，小时候住在有两个大花园的洋房里，花园里种满了不同种类的玫瑰，那是父亲最爱的花。爱花成痴的父亲给她取了个英文名字叫戴西，在英语里是雏菊的意思，这种安静的、没有一丝张扬的花，看上去纤纤弱弱的，但生命力极强。

小小的她经常穿一双白色软底鞋，鞋面不沾一点儿灰尘，看着哥哥姐姐随父母去听歌剧，迫不及待想长大，觉得长大以后就会有一路的歌剧院、一路的巧克力等着自己。

随父母回上海后，她住的仍然是全上海最漂亮的洋房，家里开着全上海最时尚的公司，她上的也是上海最好的中西女塾。

中西女塾是当时首屈一指的贵族学校，宋庆龄、宋美龄曾在这里就读。它的教育是美国式的，重视体育、英文、音乐、科学；它的风格是贵族化的，教学生怎样做沙龙和晚会的女主人；宿舍都是由学生动手布置的，为的是教会她们做"标准女子"；它对学生许诺，要让她们一生都年轻和愉悦地生活着。

少女郭婉莹在这种教育氛围中如鱼得水，她的英文说得很地道，还参加了学校的演剧团，演出了莎士比亚的《驯悍记》。西式教育让她一生都保持着说英文的习惯，更重要的是将向往独立、公正的种子播在了她的心中。

但她并没有全盘西化，就在从那时开始，她穿起了旗袍，后来除了劳作时不得不穿工装，她一生都偏爱旗袍。巧的是，宋氏姐妹也是从中西女塾毕业的，终生都穿旗袍、梳发髻。

都说女孩要富养，到底什么是真正的富养呢？郭婉莹的成长经历可以给我们很多启发。富养绝不仅仅指物质上的丰裕，更是指心灵上的滋养。郭婉莹的少女时代，就是在充满爱和自由的氛围中度过的，她的身心没有压抑过。

父亲很爱她，百忙中经常带着她一起照顾屋顶花园的鲜花，兄弟姐妹之间都很和睦，时而结伴去看美国电影，学校教会她做一名淑女的同时保持对独立、愉悦的追求。她最爱的睡前读物是《波丽安娜》，波丽安娜凡事总往好的方面看，不管遇到什么倒霉事，都能从中找到有益于自己的东西。

莎士比亚、美国电影、《波丽安娜》等共同构成了她的精神资源，如同童年时的阳光，永远明亮地留在了她的心上。

一个人的品质和对快乐的感知能力是从童年就开始确立的，正如陈丹燕所说，富裕明亮的生活才是一个人纯净坚忍品质的最好营养，而不是苦难贫穷的生活。

-贰-

郭婉莹就这样长成了一个身心舒展的美少女，因为从小见过世面，她对生活的追求不是安定，而是快乐。同学们对她印象深刻，提起郭家四小姐，记得她总是抬起头，把下巴仰得高高的，一看就是上天的宠儿。

她去了燕京大学读书，她的仪容仪态成了燕大女生的典范，有位摄影师见过她那时的照片，称赞说："我从来没有见过如此娇嫩纯洁的女人。"

很显然，她并不是那种头上绑个蝴蝶结、只知道追求锦衣玉食的大小姐。她很清楚自己需要什么样的生活、什么样的男人。

家里给她安排了一门亲事，对方是个富家子弟，他在送她美国丝袜时说："这袜子真结实，可以穿一年。"她听了十分反感，后来回忆说，她不能嫁给一个跟她讨论丝袜是否结实的男人，"No fun"（无趣）。

她坚决取消婚事，对方听了，举起枪说要杀了她，她淡淡地说："你不杀我，我不愿意和你结婚；你要是杀了我，我也不会和你结婚。"对方闻言，怏怏而去。

　　她就是这样一个女人，话说得很轻，却包含千钧之力，骨子里是倔强的，看起来却相当温婉。

　　命运很快赐给了她一个理想的男人，他给了她 a lot of fun（很多乐趣），也给了她意想不到的苦涩。

　　他叫吴毓骧，福建人，是林则徐的后代，他母亲的奶奶是林则徐的女儿。出身于清朝贵族世家的他和郭婉莹一样，都是那种追求生活以快乐为本的人。

　　他在麻省理工学院留过学，生得风流倜傥，爱运动，爱打棒球，对一切新鲜化哨的坑法都无师自通，显然，他是郭婉莹所欣赏的那种有趣的人。

　　他们对伴侣的要求也相当一致，吴毓骧从美国归来后，回到上海一家牛奶厂做管理，家里安排他相亲，首次和相亲对象见面，他拿出三百元钱给她，结果那人买了一大堆花布和胭脂，他断然回绝了这门亲事，理由和郭婉莹一样：No fun。

　　两个有着快乐天性的人自然而然地走在了一起，很多人都觉得郭婉莹嫁给吴毓骧是下嫁，但显然她自己并不这么以为。她不止一次谈起这段婚姻时说："我喜欢我的丈夫，是因为和他在一起很有意趣。"他会把她的照片偷偷带回家珍藏，会在下车时跑过来给她开车门，会送她不切实际但新鲜好玩的小玩意。

　　她什么都有，所追求的只是有趣，他是她生命中的音乐，而不是粮食，他们有着共同的爱好和价值观。

婚后的前两年是郭婉莹一生中最美满的日子，她不满足于做吴太太，而是和朋友们一起开了家"锦霓时装沙龙"，那是中国第一家现代女子时装设计沙龙，她们的理想是做出适合中国女性的现代时装，她成为中西女塾致力培养的那种最得体的标准女子。

在旁观者眼里，那时候他们一家人都那么好看、那么体面、那么幸福，家里那么温馨，家中的狗都那么漂亮，客厅里的圣诞树那么大，福州厨子的菜烧得那么地道，就像好莱坞电影拍得那样十全十美。

可光鲜背后也有不为人知的龃龉。吴毓骧可能是个理想的情人，却并不是一个合格的丈夫，他会让爱人高兴，但不会对爱人负起全部责任。他太爱玩了，郭婉莹生儿子难产，在医院两天都生不出来，他还是去俱乐部玩桥牌到深夜。

他甚至难改风流的习性，和一个寡妇有了纠葛。郭婉莹由他们共同的朋友陪着，来到那个寡妇的家，轻轻按响门铃，把丈夫找了出来带回家。

她并没有像很多女人那样大吵大闹，而是隐忍不发。她的忍让最终挽回了这段婚姻，对于丈夫，她从无怨言，很多年后回想起他来，她依然笑着评价说，他给了她很多乐趣。

选择什么样的丈夫，就得承担什么样的生活，正是看透了这一点，她才没有让自己沦为怨妇。

-叁-

如果没有之后的动荡，郭婉莹会一直过着平淡幸福的生活。

二十世纪五十年代初期，吴毓骧时来运转，生意做得很成功，一家人也随之过上了奢华的生活。家里的家私是清一色的福州红木，郭婉莹请俄国宫廷点心师到家里来教她做俄式蛋糕。

鲜花着锦、烈火烹油的场景从来不会持续多久，没过几年，吴毓骧在办公室被捕，三年后因心脏病突发死在监狱里。

她去停尸房认领他的尸体，把他的骨灰盒领回家后，她抱着盒子哭着说："活得长短没有什么，只是浪费了你三年的生命啊。"他用过的洋铁缸子，她接着用了许多年。

之后是一连串的不幸，她看着有花园的房子被占用，一屋子的家产被没收，她从锦衣玉食的富家少奶奶沦落到带一双儿女住进亭子间，那个亭子间只有七平方米，连她原来家里一个厕所的面积都不到。晴天时，有阳光会从屋顶的破洞射进来。而有寒流到来的早上，她醒来时，常常发现自己的脸上结着冰霜。

她一个月的工资只有二十四块钱，儿子的大学生活费每月十五元，再扣去每月三元的交通月票费，她实际的生活费只剩下六元。她不吃早饭，在食堂吃最便宜的午餐，晚餐就是一碗阳春面。

八分钱一碗的阳春面，绿色的小葱漂浮在清汤上，热乎乎的一大碗，她始终记得那面的香味。

最不堪回首的，是她被下放劳改的那段岁月。十指不沾阳春水的她得学着养猪，还得负责倒马桶。马桶很大，又没有把手，没有人帮忙，她就咬着牙自己去搬。她还得应付别人的刁难，每天灌好所有的开水瓶。有人看不过去，说她受到了不公正对待，她一言不发，默默地干了所有的活儿。

苦难并没有摧毁她。即使是在最艰难困苦的日子里，她也没有放弃寻找生命中独特的"fun"。

住在亭子间，她仍然保持着喝下午茶的习惯，她可以用铁丝在煤火上烤出恰到火候的金黄吐司来，她也可以用被煤烟熏得乌黑的铝锅蒸出彼得堡风味的蛋糕来。

脱下了旗袍，她换上了蓝色的粗布衣服，依然清洗得干干净净，头发梳得一丝不乱。

她对一切充满好奇，穿着皮鞋去菜市场卖咸蛋，能迅速学会教顾客如何挑选一枚好的咸蛋；下放到农场盖房子时，没人敢爬上竹子搭起来的脚手架，她静悄悄地走出来，拎起一桶和好的水泥就爬了上去。

她把这些当成"fun"告诉儿子，而儿子总是通过那些妈妈骄傲的"fun"才知道她遇到过什么。

在充满恶意的环境里生活了那么久，她从不诉苦，更不抱怨。曾有BBC记者来采访她，当他们问她每月可以拿到多少钱退休金时，她反问他们知不知道中国人日常的消费指数，他们说不知道，于是她拒绝告诉他们。事后，她解释说："我不想把自己吃过的苦展示给外国人看，他们其实是看不懂的。他们是想把我表现得越可怜越好，这样才让他们自己觉得自己生活得十全十美。"

她在美国遇到肯尼迪总统的遗孀杰奎琳，被问起她劳改的情况时，她优雅地挺直背说："劳动有利于我保持体形，不在那时急剧发胖。"

很多人说起她晚年的遭遇都由衷地同情，而我只感到敬佩。对这样一个从未放弃尊严和体面的人来说，同情是多么廉价，她理应让人尊重。

走过风风雨雨之后，她终于迎来了平静的晚年。她不愿意成为儿女的负累，独自一人住在上海的老房子里，招待客人前照例要化好淡妆，出去吃饭时照例把背挺得很直，八十多岁走在街上仍然会被老先生搭讪。

直到生命的最后一天，她都是精致优雅的，这是她至死都不肯丢弃的。

只有竭力活得体面的人，才配得到命运的补偿。

－肆－

郭婉莹去世后，告别仪式上有这样一副挽联：

有忍有仁，大家闺秀犹在；

花开花落，金枝玉叶不败。

我常常想，什么样的女人才真正称得上金枝玉叶？

说到金枝玉叶，很多人都会想到安徒生童话中那个豌豆公主，她睡在二十张床垫加二十床鸭绒被上，仍然被垫子下的一颗小豌豆硌得辗转难眠。

曾经以为，所谓的金枝玉叶就是指这样的公主，自小养在皇宫，不食人间烟火，娇弱得令人怜惜。

不少女人受此影响，幻想能一辈子做公主，生下来有父亲宠，长大了被老公宠，永远都被人娇惯和供养。

可生活不是童话，即使是含着金汤匙出生的公主，也有可能落魄潦倒。当曾经的小公主们落难时，才能够考验出她是不是个真正的公主。

在我看来，所谓"金枝玉叶"，指的不是一种身份，而是一种品质，像金子一样硬，像玉石一样温润。一个女人出身再低，只要拥有这些品质，就配得上"金枝玉叶"四个字。

微启示

郭婉莹这样的女人，才是金枝玉叶的范本——真正的金枝玉叶，不是永远高高在上，飘浮在云端，而是不管处于什么样的境遇，都能够抬起下巴，活得矜贵、得体。

她什么都不害怕，因为她知道生活给她好的坏的，她都能够坦然接受。她生来就有公主命，却没有"公主病"。她懂得珍惜生命中的那些快乐与美好，那些像明珠滋养着她的灵魂。

陈丹燕把她比作一个胡桃，经历了强力夹击后方能闻得果仁的清香。而她自己淡淡地说："生活给我什么，我都收下。"

这，才是真正的金枝玉叶。

周璇：被不安摧毁的人生

——没有安全感的女人，爱上谁都是错

有一种女人，要才有才，要貌有貌，是男人一见就会喜欢上的，可总是陷入遇人不淑的怪圈。

我认识的一个女孩儿就是如此，一个挺漂亮优秀的姑娘，交的男朋友却总是对她不太好，朋友们都为她可惜，她也常常自嘲为"人渣吸附器"。

说到"人渣吸附器"，阮玲玉算是一个，周璇也算得上一个。她们遇到的男人，一个比一个对她们坏，好的时候可以把她们捧上天，一翻脸就对她们下狠手。

周璇，这位红极一时的上海滩歌后，至今仍是许多人心目中民国美女的代表。她的歌声，如金笛沁入人心，人送美名"金嗓子"。她的人生，却远远没有歌声那样甜美，而是一生都周旋于爱与悲伤之间，最终死在了精神病院。

人们总说是爱情摧毁了她，可我觉得，摧毁她的不是爱情，而是她极度的不安感。

-壹-

　　严重缺乏安全感的人，一般都有不幸的童年，周璇的童年尤为不幸。

　　她出生在江苏常熟一个苏姓家庭，原名苏璞，排行第二。三岁的时候，她就被抽大烟的舅舅拐卖到金坛王家，改名王小红。没过两年，王家夫妇离婚了，她又被送到上海一家周姓人家，改名周小红。

　　没有在亲生父母身边长大，是她毕生最遗憾的事，她曾写文章说："六岁以前我是谁家的女孩子，我不知道，这已经成为永远不能知道的渺茫的事了！"

　　她的童年就在流离与白眼中度过，一个瘦骨嶙峋的小姑娘，辗转于非亲非故的陌生家庭之间，没有人知道她经历了什么。

　　她长大后回忆那段经历，说小时候真苦，往往饿着肚子呆呆地坐着，口水直往肚里咽。比挨饿更惨的是没有人爱她。养母很早就外出帮佣了，养父天天躺在家里抽鸦片，因为穷，竟打起了她的主意，想把七八岁的她卖到妓院去，幸好养母及时搭救。

　　飘零的身世，不幸的童年，造就了周璇极度敏感脆弱的心灵。在她弱小的时候，她遭遇过至亲的背叛，连舅舅、养父都能狠心将她卖掉，等到后来功成名就时，她再也不肯相信任何人。

　　十二岁时，周璇终于迎来了人生第一次转机，她从小就爱唱歌，一天，她去养母帮佣的人家里玩，随口哼唱了一首歌曲，被有心人听到了，大为惊喜，转而推荐她进了黎锦晖创办的明月歌舞团。

小小年纪的她很快就脱颖而出，成为歌舞团的台柱子，由她主唱的《民族之光》中有句歌词"与敌人周旋在沙场上"，黎锦晖提议她改名为"周璇"。改名之后，她几乎一炮而红。

歌舞团的那段日子也并不尽是美好的。和她合演《马路天使》的赵丹曾在文章中说，初见面时，她还是个天真腼腆的"小囡囡"，总是缩在角落里眨巴着一双大眼睛，可谁也没想到，这个还在玩着玻璃弹子的小囡囡，竟然已是歌舞团团长的占有物。

可见所谓的知遇之恩背后，隐藏着的竟是如此见不得人的实情。

也许正是小小年纪就尝尽了人间辛酸，十几岁的周璇在《马路天使》中奉献了她此生最完美的表演，她无需太多揣摩就能天衣无缝地与歌女小红融为一体，因为她和小红一样，都属于被侮辱与被损害的人。

很多人对周璇的印象，就定格在她唱《天涯歌女》的那一幕：小红弱不禁风，眼睛里泛着泪光，开口动情地唱道："天涯呀海角，觅呀觅知音……"

这样凄恻忧伤的歌声，即使铁石心肠的人听到也会落泪。

人们将无尽的爱和怜惜给了小红，连同给了她的扮演者。周璇在一夜之间红遍了上海滩，她的歌声飞入了千家万户，家家听《凤凰于飞》，户户闻《月圆花好》。

眼看她的人生就要苦尽甘来，她以为，从此等待她的就只有光明和温暖，殊不知，童年的阴影太庞大，她终其一生也没有从阴影中走出来。

-贰-

在银幕下，周璇也一直在苦苦寻觅着她的知音。

生长在太缺爱的家庭，她强烈需要爱情来填补自己的空虚，一段爱情结束了，她总是迫不及待开展下一段爱情。男人们来来去去，一个比一个让她失望。

她真正意义上的初恋男友是严华，比她大八岁，长得高大英俊，因一曲《桃花江》而被称作"桃花太子"。

对于周璇来说，严华满足了少女对于白马王子所有的遐想。他温柔多情，他风度翩翩，他保护欲爆棚，他教她说普通话、为她打抱不平、介绍她到电台唱歌，他身兼父亲、情人、老师的角色，充分弥补了她童年缺失的父爱。

这从他们的昵称中可以看出，他叫她"小璇子"，她则叫他"严华哥哥"。

这段恋情一开始是很甜蜜的，周璇曾写道："几年来枯燥乏味的日子渐渐在我眼前泯灭，感到心灵上有了点滋润，生活上有了着落，也因为这层关系，我对严华的好感逐渐增加起来。"

　　何止有好感，她还崇拜她的严华哥哥，依赖她的严华哥哥。明星歌舞团解散后，她担心自己的生活没有着落，是严华推荐她加入新华歌剧社，并鼓励她参加"播音歌星评选"，这才有了后面的歌星周璇。

　　因为感激和仰慕，周璇将少女的心事都写进了日记中，在严华赴南洋演出时，她主动把日记本塞给了他，借日记向他表明了自己的心迹。

　　两个相爱的人顺利步入了婚姻，那一年，周璇仅仅十八岁。

　　他们有过琴瑟和鸣的美好时光，严华很有才华，那首传唱至今的《月圆花好》就是他作曲、周璇演唱的，他们的爱情，正如歌词中描绘的那么美妙：

浮云散明月照人来

团圆美满今朝醉

清浅池塘鸳鸯戏水

红裳翠盖并蒂莲开

双双对对恩恩爱爱

这暖风儿向着好花吹

柔情蜜意满人间

　　谁也没想到，九年的感情、三年的婚姻，换来的结果居然是互相猜忌、两败俱伤。

　　婚后，周璇成了一颗冉冉升起的新星，每部电影都能拿到两千元的报酬，而严华的发展远不如她，他再也没有办法像以前一样给予她事业上的引领，但出于保护欲，他仍然插手她的事业，在老板给她安排太多工作时出面抗议。

　　这事若发生在以前，周璇也许会感激，但后来她只觉得反感，反感他太大男人主义了。

　　另一方面，旁人不断挑拨她和严华的关系，甚至捏造双方的绯闻。嫌隙一天天加深，以至于双方在报纸上舌战，最后签署离婚协议时，两个撕破了脸的人都不愿意再碰面，分头在不同地方签了字。

-叁-

　　严华之后，周璇又和三个男人有过纠葛，分别是演员石挥、商人朱怀德以及美术教师唐棣，但她再也没有结婚。

　　她和石挥之间的感情始于暧昧，终于暧昧，才起了个头就没了下文。他们相遇时，一个是歌坛皇后，一个是话剧皇帝，彼此都有些好感，甚至一度订了婚约。但周璇对石挥始终若即若离，对着小报记者的打探打起"太极拳"，说自己并没有男朋友，让石挥感到不满，两人很快就分了手。

石挥之后的朱怀德，则是伤她最深的男人。

朱怀德曾经苦苦追求了周璇很多年，他是个绸布庄的富少，惯于委曲求全，什么事都顺着周璇。周璇去香港拍戏时，他特意从上海赶过去，她生病时，他悉心照顾，她难过时，他细心安慰。他还为她打理资产，使她获得了三倍盈利。

朱怀德的长情，终于让周璇卸下了防备，她和他同居了，并将部分积蓄交给他带回上海打理。这中间不知道发生了什么，总之在后来通行的版本里，朱怀德被描述成一个"拆白党"，带着钱财一去不回。据说周璇带着孩子找朱怀德理论，谁知朱怀德竟说孩子是领来的，还提出了要"滴血验亲"的荒诞要求。

这成了压倒她脆弱神经的最后一根稻草。

若干年后，当她拍摄人生最后一部电影《和平鸽》时，台词中"验血"两个字突然刺痛了她，她当场情绪失控，哭着喊道："是你的骨肉，就是你的骨肉！验血！验血！你们都走开，让我孤独吧！"

这是一个弱女子用血泪发出的最后一次控诉，控诉的不仅是那个伤害她的男人，也包括这个伤害她的世界。

从那以后，周璇彻底疯了。

她被送到了精神病院。在那里，她遇到了人生中最后一个男人，他叫唐棣，是电影《和平鸽》的美工，也是她的忠实粉丝。周璇的病是间歇性精神失常，唐棣从来没有嫌弃她，而是守在她身边，逗她开心，为她守候。他们同居了，并生下了一个孩子。

　　但周璇身边的亲友根本不相信唐棣会真心对待一个精神有问题的女人，于是对他提出指控。唐棣以"诈骗罪和强奸罪"被判入狱，周璇旧病复发，再次陷入疯狂。

　　人生的最后五年，她被困在了自己的世界里，不发病时状态与常人无异，发病时就会打扮得非常艳丽，陷入歇斯底里。

　　1957年春天，在医生的不懈努力下，周璇的病情有所好转。她在《上影画报》上刊登了一封公开信，信中写道："亲爱的观众：我的病已经好了，快要出院了，就快要工作了。我一定在党的培养下好好拍电影，感谢观众对我的热爱和关怀。"

　　没想到几个月之后，同年9月22日，即将完全康复离开虹桥疗养院的周璇突发急性脑炎，临终前，她紧紧攥住好友的手，流着泪说："我的命苦啊，一辈子没有见过亲生父母！"

　　说完这句话没多久，她就永远闭上了那双美丽的大眼睛，年仅三十七岁。

　　她留在世间最后的影像资料，是同年6月由中央新闻纪录片厂拍摄的《访周璇》。这个时候的周璇，眉眼仍然秀丽，但掩盖不住她的疲惫和沧桑，对着镜头，她又一次唱起了《天涯歌女》。

　　这时距离《马路天使》开拍，已经过去了二十年。

　　她漂泊了一生、寻觅了一生，离开人间时，仍是那个无依无靠的天涯歌女。

—肆—

　　周璇的一生，总让人想起比她略早一点的影星阮玲玉，两人从身世、性格、情史乃至命运都太相似了。

　　她们都出身寒微，母亲（周璇是由养母养大）都是有钱人家的佣人。她们都具有惊人的艺术天赋，却同样过早地凋零了。她们都非常脆弱，阮玲玉早早地死了，周璇撑不住疯了。

　　最大的相似处则是，她们都常常被当成遇人不淑、情路多舛的例子，她们遇到的男人也纷纷被扣上人渣的帽子。

　　记得作家闫红曾经说过，人生这么长，谁不曾爱上过个把人渣。这话说得有理。可一般来说，吃一堑长一智，遇到过人渣的女人，就相当于打了次防疫针，从此对人渣免疫了。

　　可为什么阮玲玉、周璇总是一而再、再而三地遇到人渣呢？

　　我想，这和她们的性格有关。阮玲玉也好，周璇也好，她们看上去名利双收、风光无限，内心却并不如表面那么强大，严重缺乏安全感，她们终其一生渴望的无非是找到一个能够托付终身的男人，就像很多女人渴望的那样，"一生渴望被人收藏好，妥善安放，细心保存。免我惊，免我四下流离，免我无枝可依"。

　　周璇一生最大的梦想就是找到亲生父母，几次失望后，她把对父母之爱的渴求寄托到男人身上。不管和哪个男人在一起，她都极度多疑、敏感甚至神经质。她和他们的关系不得善终，自身是要付很大责任的。

她遇到的几个男人，除了朱怀德外，对她都不算坏。严华到了晚年仍对她念念不忘，一直为和她离婚而自责，总是念叨着："当初我不和她吵，不和她闹的话，我们就不会离婚，小璇子后来就不会那么惨。"唐棣照顾她多年，在她陷入疯狂时也不离不弃。

他们离开她，很大一部分原因是周璇不够信任他们，她身边的亲朋好友总是以为她好的名义，对她的生活横加干涉，挑拨她和男友的关系，这说明周璇在精神上无法自主，太容易受他人操控。

微启示

一个自身太缺乏安全感的人，爱上谁都注定是错的，因为安全感这种东西，除了自己，其实没有人可以给。还是三毛说得好：把爱情当成避难所，迟早会被赶出来。

人们总是喜欢把女人的不幸归咎于遇到"渣男"，可决定女人幸福的，从来不是男人，而是她自己。爱什么人，与什么人在一起，都是她自己的选择、自己的眼光。有什么样的爱情观，就会遇到什么样的爱情。

不一样的选择，决定了不一样的结局。是把爱情看成雪中送炭，还是看成锦上添花，都取决于每个人自己。

凌叔华：这样确切的爱，一生只有一次

——二十岁绕过的坎儿，会在三十岁将你绊倒

一个收藏徐志摩情感日记的女人；

一个与林徽因争夺八宝箱的女人；

一个一辈子没吃过一点苦的女人；

一个最标准范儿的中国闺秀。

这是印在一本凌叔华传记上的宣传语，单拎出任何一条就足以让她的名字在一堆民国佳人中脱颖而出。

可真实的凌叔华，绝非上面几句话就可以概括。除此之外，她还是一个关注女性的作家，一个追求解放却挣脱不了束缚的女人，一个曾有过廊桥遗梦式浪漫情缘的女人，一个对自己婚姻并不满意却始终没有离婚的女人。

她这一生，远比一般人活得顺利，也远比一般人精彩，但若要说她从未吃过一点苦，也不切实际。那些求而不得的折磨，那些爱而不

能的痛苦，她都经历过。

她是丰富的，也是矛盾的，正是这些丰富和矛盾，成就了她独一无二的魅力。

-壹-

说到民国女作家中的名门闺秀，很多人第一时间想到的是张爱玲。事实上，凌叔华的出身一点都不比张爱玲差。张爱玲出生时，家道已中落，凌叔华的少女时代则正是凌家的鼎盛时期，父亲被委以修皇陵的肥差，颇受袁世凯重用。

凌叔华小的时候，住在北京史家胡同一座高门巨族的大宅内，数不清有多少个院子、多少个房间，小孩子若无人带领就会迷路。她出嫁的时候，还获得了一座宅院中的二十八间房和后花园作为陪嫁。

凌叔华的父亲凌福彭是和康有为同时中榜的进士，先后担任直隶布政使和北洋政府参政会参政等职务，如此世家，家里常常是谈笑有鸿儒、往来无白丁。生活在这样的家庭，凌叔华小小年纪就有了耳濡目染名士风流的机会。

童年时最令凌叔华苦恼的，是母亲和父亲其他妻妾争风吃醋，父亲共有四房妻妾，她母亲排在第三，一连生下了四个女儿。凌叔华出生后，母亲瞒了三天才敢告诉家人，她一辈子都因没生出个儿子而遗憾。

生性敏感的凌叔华，从小就想为母亲争口气，可父亲的子女有十五个，她只不过是夹在中间的"小十"，要引人注目谈何容易。这项看似很难完成的任务，凌叔华居然完成了，如果放在网络小说里，她的故事完全可以写成一部"庶女攻略"。

凌叔华能够脱颖而出，靠的是她的聪颖和天赋。

小的时候，她喜欢在后花园玩耍，迷上了拿着炭棍在白墙上作画，雪白的墙上画满了山水、动物和人。一次，父亲的朋友、宫廷画家王竹林经过时，停下来看她画画，并主动提出要当她的老师，还对她的父亲说，她将来会比他俩画得都好。

这一年，凌叔华才六岁。从那以后，她就成了父亲最偏爱的女儿。父亲专门为她布置了精美的画室，斥重金送她向著名女画家缪素筠学画，还让她和哥哥一起去读书。

在父亲的特别栽培下，凌叔华小小年纪就受到了非比寻常的教育，齐白石和陈半丁都教过她画画，她的英文启蒙老师则是辜鸿铭，她还曾向来访的康有为求字。

正是因为在这样的环境中长大，凌叔华从小志向高远，她立志不再做母亲那样的旧女性，在燕京大学读三年级时，她壮着胆子写信给老师周作人，请他指点一下自己的习作，并放言："我立定主意做一个将来的女作家。"

也是在她这个年纪，张爱玲雄心勃勃地喊出了"出名要趁早"，那个时代的女作家，有志气，也有底气。

果然，在周作人的推荐下，凌叔华很快发表了处女作《女儿身世太凄凉》，自此步入了写作之路，成为"闺秀派"作家的代表，中年后用英文写的自传体小说《古韵》，更是蜚声英国文坛。

-贰-

现在已经很少有人读凌叔华的作品了，凌叔华、徐志摩、林徽因之间的"八宝箱"纠葛却一直为人津津乐道。

事情的开端，要由凌叔华和徐志摩的友谊谈起。用现代的话来说，徐志摩算是凌叔华的"男闺密"，而且是无话不说、推心置腹的那种，若要给他们之间的感情下一个定义，估计是"友达以上，恋人未满"。

徐志摩生性多情，在林徽因和梁思成订婚之后，陆小曼还未出现之前，他有过一段感情的真空期。

凌叔华就正好出现在这个空当。那时浪漫的诗人徐志摩备受打击，急需寻求安慰，于是就恳求凌叔华做他的"通信员"，短短半年间给她写了七八十封信。

在信中，他动情地写道："不想你竟是这样纯粹的慈善心肠，你肯答应做我的'通信员'，用你恬静的谐趣或幽默来温润我居处的枯索。"

那段时间，凌叔华加入了徐志摩所在的新月社，成为与林徽因并驾齐驱的"新月双姝"。她的才学、出身、谈吐均不逊于林徽因，虽然没有林徽因那样出挑的美貌，但自有一种娴静似娇花照水的气质。

凌叔华交游广阔，文人墨客纷纷出入凌家，她的书房成了京城文人聚会的场所，"小姐家的书房"比"太太（林徽因）的客厅"早了十几年。其中，徐志摩就是常客之一。

泰戈尔访华期间，凌叔华邀请他到家里去做客，一同作陪的有徐志摩、胡适、陈西滢等人。凌叔华别出心裁地准备了杏仁茶、紫藤花饼等食物，为大家准备了一次优雅别致的茶话会，泰戈尔深为赞许，私下忍不住向徐志摩称赞她比林徽因"有过之而无不及"。

可以想象，徐志摩对凌叔华是很有好感的，正是他称她为"中国的曼殊菲尔"[①]。

但他们的感情并没有进一步发展，一方面是由于陆小曼的出现，另一方面，徐诗人浓得化不开的热烈情怀，也和凌叔华人淡如菊的气质格格不入。

很多年以后，她对情人朱利安坦言，自己曾对徐志摩动过心。谁

---

① 曼殊菲尔（1888—1923），英国女作家，主要作品有《幸福》《花园茶会》，曾于1922年7月在伦敦会见徐志摩。

能说徐志摩没有对她动过心呢？但那又如何，他们最终选择的都是另一个更适合自己的人。

虽然没有成为恋人，凌叔华却仍然是徐志摩最信任的异性朋友，所以，他将一箱子日记和书信都交给她保管，里面有他追求林徽因时写的日记，也有他给陆小曼的信。

徐志摩意外坠机身亡后，他留下的那个箱子成了抢手货，其中林徽因要得最勤，也最为理直气壮。胡适出面让凌叔华交出箱子，凌叔华虽心有不甘，但还是分几次交出了所有书信和日记，可林徽因一口咬定她扣下了部分重要日记，这就是所谓的"八宝箱事件"。

此事成了"罗生门"，凌叔华想必是意难平的，那个箱子明明是徐志摩托付给她的，大家却都认为她必须交出去。

徐志摩的父亲倒是一直希望凌叔华做他的儿媳，徐志摩故去后，他的父亲来信请她为爱子题写碑文。凌叔华思虑再三，写下了五个字——冷月葬诗魂。

-叁-

凌叔华和徐志摩止步于友谊，和陈西滢的出现不无关系。

陈西滢当时也是个响当当的名字，留过洋，镀过金，担任过武汉大学文学院院长，还曾和鲁迅论战过。

他和徐志摩是差不多同时认识凌叔华的，两人都是青年才俊。面对徐志摩的摇摆和陈西滢的坚定，凌叔华很快选择了后者。复杂的家庭背景让她下意识地远离花心的男人，尽管徐志摩的诗人气质让她着迷，但显然忠厚沉稳的陈西滢才是她心目中的理想丈夫人选。

凌叔华嫁给陈西滢，被不少人视为下嫁。陈西滢才学出众，但出身低微，是典型的"凤凰男"。鲁迅就曾在和他的论战中冷嘲热讽地恭喜陈西滢找到了"有钱的女人"做老婆。

他们相识不久后，陈西滢应邀去凌叔华家做客，他去了之后，穿过了一个又一个院子，经过了重重通报，最后一个丫鬟告诉他"小姐在里面"，如同进了一趟大观园。

由于他们的婚姻有过波折，很多人认为凌叔华嫁给陈西滢只不过是尽义务，是为了结婚而结婚。可其实，凌叔华和陈西滢是自由恋爱，她嫁给他是出于自己的选择，而不是被迫的。

他们刚开始交往时，凌叔华对陈西滢就表现得较为主动。两人结合后，更是被视为自由恋爱的典范，曾有过亲密的新婚时光。邻居家的小男孩曾无意中看到，新婚宴尔的凌叔华坐在陈西滢大腿上，两人显得十分亲昵。

这段婚姻后来之所以出了问题，是因为两人的气质秉性有太大差别。凌叔华高估了自己的理性，低估了自己对于情感热度的渴求。本质上，她渴望浪漫，就像她小说中的女主角，渴望被人精美地爱着。

可陈西滢生性严肃，他尊重妻子，却不懂得如何才能让妻子快乐。比如他明明欣赏妻子的才华，却对她过于苛责，以至于凌叔华不敢把自己的作品给他看，因为怕他打击自己的信心。

就在这时，朱利安出现了，他满足了凌叔华对浪漫和爱情的所有想象，也让她和陈西滢之间的婚姻出现了几乎致命的裂痕。

—肆—

朱利安来自英国，也是个诗人，姨妈是大名鼎鼎的弗吉尼亚·伍尔芙[①]。

上天注定凌叔华要栽在诗人手里，二十五岁时她避开了一个诗人的热情，三十五岁时却不可避免地被另一个诗人的热情所俘虏。

朱利安小凌叔华八岁，他大胆、任性、充满激情，更重要的是，他深深地为她着迷。从英国来到武汉大学任教的他特别向往中国文化，在他眼中，凌叔华就代表了中国文化中最精致典雅的那部分，她高雅、沉静、温柔，正是中国传统的"大家闺秀"。

他给母亲写信说，凌叔华是他"有生以来遇见的最好的女人"，

---

① 弗吉尼亚·伍尔芙（1882—1941），英国著名女作家、文学批评家和文学理论家，意识流文学代表人物，被誉为二十世纪现代主义与女性主义的先锋，代表作有《墙上的斑点》《达洛维夫人》《到灯塔去》。

尽管她并不漂亮，却极富东方才女的风韵。他坦白地表示，"在我认识的女人中，她是唯一可能成为你儿媳的人"。

凌叔华无法抵御这样的热情，生平第一次，她被人如此热烈地追求。朱利安那两只冒火的蓝眼睛让她头一次认识到，自己原来是美的、迷人的、富有才华的。朱利安不懂中文，却固执地认为凌叔华具有超人的才华，甚至将她和自己的姨妈弗吉尼亚·伍尔芙相提并论，他试着将她的作品介绍给英语世界，认定她会大获成功。

谁能抵挡这种发自内心的赞美呢？很快，凌叔华就沉醉于朱利安的蓝色眼波里，一开始，她只是在享受被爱的愉悦，后来，她渐渐控制不住自己的感情。

以娴静婉约闻名的东方闺秀，有生以来第一次这样疯狂地爱上一个人。她完全沉浸在两情相悦的巨大喜悦中，至于礼教、规矩，她早已忘得一干二净。

她公然带他去北京，带着他大大方方地去拜访齐白石、朱自清、闻一多等名人，甚至把他带到凌府做客。他开着摩托艇带她泛舟东湖，乘着清风，一同驶向那片山水交映、空灵缥缈的优美世界。

看上去那么温婉的凌叔华，彻底成了为恋爱疯魔的寻常女子。她不止一次向朋友感叹说"找不到回去的路"了。她爱朱利安爱得发狂，她嫉妒他接触的另外一些女人，他的一点点冷落都会让她陷入歇斯底里，她还随身带了毒药，经常以自杀来威胁他。

朱利安本来只想来场轻轻松松的艳遇，没想到却变成了如此沉重的爱。对于朱来说，凌叔华也许是较为特别的那个，但绝不是唯一的一个。在他的回忆录里，她的代号是"k"，寓意第十一个女友。

他盘算着要回英国去，还没等实施，他和她就被陈西滢堵在了床上。

面对妻子的情变，陈西滢保持了一个丈夫最大的风度，他大度地让妻子自己作出选择。出乎意料的是，凌叔华突然清醒过来，选择了回到丈夫身边，修复濒临破碎的婚姻。

朱利安怀着不解回到了英国的战场上，没过多久就死掉。他的早逝封存了他们来不及变质的爱，凌叔华至死都怀念这位英国情人，她和他的母亲及姨妈长期通信，在弗吉尼亚·伍尔芙的鼓励下，她用英文写了自传体小说《古韵》。那正是朱利安对她的期许，这部《古韵》也如他所认定的那样大受欢迎。

也许在凌叔华的内心深处，朱利安的名字永远都无法抹去，可最后她还是和丈夫陈西滢厮守终生。

-伍-

凌叔华的故事，总让我想起电影《廊桥遗梦》。

武汉的东湖，对于她来说，就相当于美国乡下的曼迪逊桥吧。

在那部电影中，家庭主妇弗朗西斯卡在家人外出时遇到了摄影师罗伯特·金凯，在经历了短暂的缠绵后，弗朗西斯卡与金凯痛苦分手，回到了家人的身边，但对金凯的怀念贯穿了弗郎西斯卡的后半生。

弗朗西斯卡在向情人谈起丈夫时说："他一生未做错事，不该遭受如此伤害。"

这也许正是凌叔华对陈西滢的心声。陈西滢对她包容之至，晚年读到朱利安的自传，他一言不发地批注了许多话，可从来没有想过要离开凌叔华。女儿小滢问他为何不和母亲离婚，他说："你母亲很有才华。"又说，"那个时代离婚对女人打击太大。"

他的宽容最终打动了凌叔华，她去世时留下遗愿，要和丈夫合葬，而在《廊桥遗梦》中，弗朗西斯卡选择的是将自己的骨灰和情人金凯的一起抛撒在曼迪逊桥畔。

微启示

有时候想问：凌叔华这一生，到底是幸还是不幸？

从表面上来看，她一生锦衣玉食、功成名就，难得的是还有个极为包容她的丈夫。可去除这些光环，她想要的生活，究竟是不是所过的那种生活？她想要的人，究竟是不是枕边的那个人？她到底快不快乐？

在女儿小滢的描述中，母亲凌叔华一生都在寻找解放自己的方式，可最终没有找到，因此大半生都有些郁郁寡欢。

如果再回到从前，凌叔华也好，弗朗西斯卡也好，她们是否还会做出相同的选择？

也许人生的真谛就是不管你做出什么样的选择，都会有遗憾，我们所要做的，就是为自己的选择做出应有的承担。

事情已过去多年，我们已无法知晓凌叔华是否会为此遗憾，但可以肯定的是，对于凌叔华来说，对于很多女人来说，这样确切的爱，一生只有一次。

朱梅馥：你若不离不弃，我必生死相依

——爱是恒久忍耐，又有恩慈

"你若不离不弃，我必生死相依。"

多少人在热恋时，轻易就说出这样的承诺，可誓言犹在耳边，转眼间就化成云烟。

生死相依是很难做到的，还记得在电影《胭脂扣》里，十二少和如花相约一起去死，结果如花服毒死了，十二少却打了退堂鼓，独自在世上苟活了下来。

1966年，却有一对夫妻真正实现了生死相依，他们就是傅雷和朱梅馥两位先生。准确来说，是朱梅馥甘愿陪傅雷去死。

李碧华说，大概一千万人之中才有一双梁祝，才可以化蝶，其他的只化为蛾、蟑螂、蚊蚋、苍蝇、金龟子……

傅雷和朱梅馥不是梁祝，他们却用生命谱写了比梁祝还要壮烈的传奇。我想，如果真的有化蝶这回事，在另一个世界，他们一定化成了一对蝴蝶，翩翩双飞，不离不弃。

-壹-

朱梅馥这个名字，对很多不熟悉民国的人来说很陌生，但提起她的丈夫傅雷先生，却几乎无人不知，无人不晓。

"江声浩荡，自屋外上升。"这是《约翰·克利斯朵夫》开篇第一句，出自傅雷先生的译笔。

这样的译笔，力透纸背，至今凛凛生风。他翻译的巴尔扎克和罗曼·罗兰的作品，影响了几代人，他对翻译精益求精，力求字字都立得住。

他、妻子和儿子的来往书信后来被汇集成册出版，就是名满天下的《傅雷家书》。这本家书不仅凝聚着一个父亲对儿子的谆谆教诲，更是一部最好的艺术学徒修养读物，行文如山间潺潺清泉、碧空中舒卷的白云。

和傅雷这样的大才子相比，朱梅馥显然普通得多。她的一生，最重要的身份就是傅雷的妻子。他们共同的朋友杨绛评价说，她集温柔的妻子、慈爱的母亲、沙龙里的漂亮夫人、能干的主妇于一身。

如果说傅雷是怒目金刚，朱梅馥就是低眉菩萨，因为性格太温柔和顺，朋友们都亲切地叫她"菩萨"。

都说相由心生，朱梅馥长得有菩萨相，少女时代就有着一张圆润的脸，眉眼格外舒展，是老辈人欣赏的那种宜家宜室的美。她出生于正月十五，正是梅花绽放时，父亲为她取名叫梅福，希望她长大后有福气。

情窦初开时，朱梅馥就和傅雷结下了不解之缘，他们是远房亲戚，青梅竹马，两小无猜，他是她仰视的表哥，她则是他疼爱的"梅表妹"。

傅雷的母亲很喜欢朱梅馥，她认定这个女孩子文静、温柔、善良，是个"天生伺候自己儿子的女人"。

傅雷对"梅表妹"也钟情，在他的处女作《梦中》，他写到了这段纯真的恋情："她在偷偷地望我，因为好多次我无意中看她，她也正无意地看我，四目相触，又是痴痴一笑。"

在母亲的操办下，傅雷和朱梅馥订了婚。那一年，他十九岁，她只有十四岁，她已经认定了要照顾他一辈子。

订婚后，傅雷出国留学，两人只能鸿雁往来，从信中可看出，少女朱梅馥已对未婚夫一片痴心，她在信中亲昵地称他为"亲爱的哥哥""至爱的怒安"。

而初出国门的傅雷，碰到了平生第一次激烈的恋情。在巴黎，他遇到了一位叫玛德琳的姑娘，她一头金发，皮肤白皙，看上去充满了活力。他沉浸在她那比地中海还要蓝的眼波里，以至于马上写了一封信给母亲，要求退婚。信写好后，他托好友刘海粟去寄。

谁料没过多久，性格不羁的玛德琳移情别恋了，傅雷气得几乎拔枪自杀，同时深悔不该辜负朱梅馥。这时，刘海粟拿出了私自扣下的那封信，原来他偷看信后暗觉不妥，于是将信偷偷留了下来。

傅雷接过信，流下了泪水，一是出于感动，一是出于失而复得的心情。痛定思痛，他察觉到了朱梅馥的可爱。

-贰-

1932年1月，从国外归来的傅雷迎娶了梅表妹。这一年，他二十四岁，她十八岁。

傅雷嫌"福"字太土气，给她改名为梅馥，她就像一株芬芳高洁的梅花，把暗香带到了他的生命里。他还喜欢用法语叫她"玛格丽特"，那是歌德在《浮士德》里所写的女性人物，美丽、温柔，浑身都洋溢着圣母般的光辉，一如朱梅馥。

这对恩爱夫妻，宛如一块磁铁的两极。一个极刚，一个极柔；一个是火，一个是水。水和火原本是不能相融的，他们却奇迹般地厮守了一辈子。

从前的女人，总是甘当男人背后的女人，杨绛如此，朱梅馥更是如此。她们接触的是西式教育，对西方的小说、绘画、音乐都有一定的造诣，性格却完全是东方式的温柔敦厚，嫁人后自然成了贤妻良母。

巧合的是，她们所嫁的男人童年时都没有得到过太多母爱：钱锺书很小就被过继给伯父了，伯母不大体贴他；傅雷更有一个以严苛出名的母亲，小时候他读书打盹，母亲居然用烛油滴在他身上；他逃了一次学，差点被母亲抓去沉塘。

所幸，他们成年后都娶了一个非常好的妻子，补偿了他们童年时缺失的母爱。

朱梅馥嫁给傅雷后，照顾他无微不至，在刘海粟的印象中，朱梅馥身上最突出的特质就是惊人的温柔，她为他烧饭、洗衣，帮他查字典、翻书、抄稿、写信。与她结婚后，傅雷如同从风刀霜剑的冬天一脚踏入了春天，他自己也承认："自从我圆满的婚姻缔结以来，因为梅馥那么温婉，那么暖和的空气，一向把我养在花房里。"

才子总是令女人爱慕的，但和才子在一起生活并不是件那么轻松的事，更何况傅雷是个脾气和才气一样大的才子。

在家里，朱梅馥叫他"老傅"，杨绛调侃说听上去有点像"老虎"。事实上，傅雷确实脾气很大。

他的脾气一点就燃，在外人面前还勉强克制，家人则成了他的撒气筒，杨绛曾回忆说，只因为傅聪两兄弟偷听大人讲话，就遭到了傅雷的一顿毒打，事后他会反省，还会向妻儿认错，可事到临头还是控制不住。

他制定了相当严格的"家规"，光是饭桌上的规矩，就包括吃饭时不许讲话，咀嚼时不许发出很大的声响，用匙舀汤时不许滴在桌面上。朱梅馥只得照他所说的去督促孩子们执行。

他有时会和朋友们玩几局牌，朱梅馥在旁边看着，不敢作声，若是赢了还好，若是输了，他就将牌一撒，怪朱梅馥为什么不给他出主意。

这么一个坏脾气的人，恐怕只有朱梅馥受得了他，因为她懂得他暴戾的由来，她在给儿子傅聪的一封信中解释说："我对你爸爸性情脾气的委曲求全、逆来顺受，都是有原则的，因为我太了解他，他一贯秉性乖戾，嫉恶如仇，是有根源的——当时你祖父受土豪劣绅欺侮压迫，二十四岁就郁闷而死，寡母孤儿悲惨凄凉的生活，修道院式的童年，真是不堪回首……"

-叁-

才子脾气大点就算了，最令女人受不了的是，才子往往感情太充沛。

跟傅雷在一起，朱梅馥不仅得忍受他的坏脾气，还得忍受他动不动就要洋溢出来的热情。

婚后第四年，他们的长子傅聪只有两岁多，傅雷应邀去洛阳考察龙门石窟，遇到了一个多情的汴梁姑娘，他为她拍照，盛赞她长得像嘉宝，还为她写诗，在诗里赞美她："汴梁的姑娘，你笑里有灵光。柔和的气氛，罩住了离人——游魂。汴梁的姑娘，你笑里有青春。娇憨的姿态，惊醒了浪子——醉眼。"

这段露水姻缘只是昙花一现，傅雷在给朋友的信中说："不用担心，朋友！这绝没有不幸的后果，我太爱梅馥了，绝无什么危险。我感谢我的玛德琳，帮我渡过了青春的最大难关，如今不过当作喝酒一般寻求麻醉罢了。"

婚后第七年，迎来了他们结婚以来最大的危机。

傅雷爱上了自己学生的妹妹成家榴。

从现存的照片来看，成家榴长得非常美，这种美不同于朱梅馥的美，而是那种风姿绰约、堪称绝色的美，极易让男人迷醉。

傅雷迷恋成家榴到了极点，天天和她在一起，晚上还要给她写情书。她外出去了云南，他就抛下手头工作追了过去。这在他一生中是绝无仅有的，因为他曾说过，不管爱一个人多么热烈，都永远是工作第一。

儿子傅聪后来评价这段感情说："她真的是一个非常美丽、迷人的女人，像我的父亲一样有火一般的热情，两个人热到了一起，爱得死去活来。"

朱梅馥肯定是很伤心很难过的，但她并没有责怪丈夫，反而心平气和地请成家榴到家里来做客。因为成家榴不来，傅雷就没有了创作的灵感。

她的隐忍与大度最终击退了成家榴，面对这样一个宽容的、手无寸铁的灵魂，成家榴选择了远走香港。很多年以后，满头银发但依然很美的成家榴对傅聪说："那个时候，你父亲是很爱我的，但你母亲人太好了。"

其实，成家榴并没有说明白朱梅馥隐忍的原因，她之所以忍了又忍，人好只是其中一个原因，最重要的是她爱傅雷，远比成家榴爱他更多。

　　张家玲曾经根据傅雷的这段情史写过一篇小说《殷宝滟送花楼会》，在这篇小说里，作为叙述者的张爱玲问殷宝滟为什么不离婚，殷宝滟想了半天回答说：就算离了婚，他那样的人，怎么能同他结婚呢？

　　若真爱一个人，爱的一定不只是他的才华，连同他的坏脾气和小心眼儿都会一起爱上吧。这么一对比，毫无疑问，朱梅馥才是真爱傅雷的那个人。

　　在她眼里，他是值得她爱的，她对他的爱，是建立在深刻了解基础上的，她知道他那暴戾的外表下，是一个高洁耿介的灵魂。

　　她曾给傅聪写信说："（傅雷）爱真理，恨一切不合理的旧传统和杀人不见血的旧礼教，为人正直不苟，对事业忠心耿耿。我爱他，我原谅他。为了家庭的幸福、儿女的幸福，以及他孜孜不倦的事业的成就，放弃小我，顾全大局……"

　　而在傅雷这边，他就算对成家榴有过火一般的热情，但内心深处，又何尝离得开朱梅馥呢？生活上，他离不开她的照顾；精神上，他也离不开她的支持。他给儿子的信里说，他无论如何忙，但如果一天之内不能和朱梅馥谈上一刻钟，就像漏了什么功课似的。

　　她不仅是他的爱人，更是他的知己，她深深懂得他的价值。

-肆-

经历了与成家榴这一段风波后，傅雷完全回归家庭，开始懂得珍惜朱梅馥。

两个历经风波的人，眼看着就要相携相依，平静地度过下半生，岂料晚年又迎来了一场暴风骤雨。

在风和日丽的年代，朱梅馥可以用她的爱和温柔把丈夫一直"养在花房里"，可后来风雨如晦，她再也保护不了她的丈夫。

傅雷是一个何等骄傲的人，傅聪评价父亲时说，他"就像一个寂寞的先知、一头孤独的狮子，愤慨、高傲、遗世独立，绝不与庸俗妥协，绝不向权势低头"，这样一个人，不知道如何低下他高傲的头颅。

朋友们都料到了，以傅雷这样孤高耿介的性子，肯定是熬不过去的。朋友们没有料到的是，朱梅馥居然跟着他走了。

她是那样温柔随和的一个人，连傅聪都说："我知道，其实妈妈在任何情况下都忍受得过去……"

很多人不明白，她都忍了一辈子，怎么就忍不下去呢？他们不明白，她之前的忍是为了傅雷，后来决定不忍了也是为了他。她对他说："为了不使你孤单，你走的时候，我也一定要跟去。"

她这一辈子，就是来度他的菩萨。

1966年9月3日凌晨，傅雷选择了服毒自杀。朱梅馥待傅雷没有鼻息后，把他扶正安放在沙发上，使他保持最后一丝尊严。

做完这一切后，她从被单上撕下一块布，在铁窗上打了个结，从容地追随他而去了。走之前，她没忘了在脚底下垫上厚厚的棉被，以防踢倒凳子的声音吵醒邻居。

微启示

朱梅馥的故事已讲述完了，也许很多年轻人理解不了她。在追求自我、平等的现代，人们提倡的是女人要有自我，不能为男人牺牲过多，姑娘们追求的是绝对平等的感情。

其实，哪有完全对等的爱呢？在一段感情里，总有个人愿意做爱得更多的那个人，朱梅馥就是如此。

身为作者的我，也是一个想要活出自我的新女性，但是在讲述朱梅馥的一生时，真的被她深深打动了，她的身上是有神性的。

总有一些人，超越了人性固有的自私和黑暗，向我们展示出人身上也有的神性一面。

所以，傅聪由衷地说："妈妈是家庭的'神'，是温暖的来源，只要她在，就有融融和和的人情味。"

这样的女人，不仅是家庭的神，她更是全人类的神。好的坏的，她都面带微笑全盘接受，她借由她的爱人爱着整个世界，至死不休。

她告诉我们：爱是恒久忍耐，又有恩慈。

郑念：比古瓷更美更硬的灵魂

——能够救赎你的，只有你自己

假如你被人诬陷，不幸身陷囹圄，你会怎么办？

二十世纪四十年代末，一位名叫安迪的青年银行家被人指控谋杀了妻子而蒙冤入狱。他在地狱般的肖申克监狱，凭借理性与希望，二十年如一日坚守自己的救赎之路，救人救己，穿越层层苦难，最终逃出生天，并将希望深深印刻在肖申克监狱每一个人的心中。

1966年，在中国上海，一位生来就是名媛的女士也因莫须有的罪名被关进了监狱，并且一关就是六年。监狱里的六年，从未吃过苦的她凭着自己的智慧和坚强的毅力，始终保持着高贵的风度。

这位名媛，名字叫郑念，被称为"中国最后一位贵族"。

《肖申克的救赎》曾打动了无数人，可与安迪的传奇经历相比，郑念看似平淡的故事更让我感动。如果说前者是关于身体上的越狱，后者则告诉我们如何在黑暗的牢笼内，实现心灵的越狱。

后者并不比前者容易，所以郑念深深地打动了我。

-壹-

　　如果人生有四季的话，那么在1966年之前，郑念的人生都是春天。

　　她是典型的"民国名媛"，原名叫姚念媛，1915年生于北京，父亲是从日本留学归来，曾任北洋政府的高官。

　　出生在这样的家庭，她从小接受的是贵族式的教育，先后就读于天津中西女中和燕京大学，这两所学校实行的都是西式教育，后来她还出国留学，赴伦敦经济学院攻读硕士学位。

　　这样的教育致力于培养贵族式的淑女，她从小读的就是英文书，喝的是精致瓷器盛的茶，吃的是英式薄三明治，对英国上层阶级的礼仪相当熟谙。比礼仪更重要的是，学校让她学会了什么是教养，这才是真正深入骨子里的东西，任谁也拿不走。

　　年轻时的郑念长得非常漂亮，正因如此，她才在中学期间就四次登上了《北洋画报》的封面。

　　家世好，长得好，学业好，作为一个如此出色的"三好"女生，她身边自然不乏人追求，但她心高气傲，谁也瞧不上，直到出国留学遇到了正在攻读博士学位的郑康祺，才动了芳心。

　　两人在伦敦结了婚，双双回国后，郑康祺任职于外交部，后又出任英国壳牌石油公司上海分公司总经理。新中国成立之后，他们一家人始终保持着优渥的生活方式，在太原路上的那个高雅而温馨的家，被戏称为"色彩贫乏城市中一方充满优雅高尚的绿洲"。

他们住着一栋有九个房间、四间浴室的花园洋房；有佣人、保姆和厨师；在内地银行里有数万元存款，在香港汇丰银行也有着大额的存款。

她曾经在《上海生死劫》中追忆那个曾经带给她许多美好回忆的家，从细节中可以看出其居住条件的优越。

> 我独自一人待在书房里，只听得吊扇在我头上嗡嗡作响，空寂又单调。因着那恹恹的暑气，插在乳白色乾隆古瓶里的朵朵康乃馨都垂头丧气，一副萎靡不振的样子。沿墙一排书架，满是中外经典名著。幽暗的灯光，将大半间居室都笼罩在一片阴影之下，但白沙发上一对缎面大红绣花靠枕却还是鲜亮夺目，扎眼得很。

即使丈夫郑康祺在1957年去世，也没有对她的生活造成太大冲击。做惯了少奶奶的她返身走入职场，被聘为亚细亚石油公司的总经理顾问，周旋于政府、公司和工会之间，获得了不菲的报酬和较高的地位。

那一年，为了怀念早逝的丈夫，她把自己的名字改成了郑念。

除此之外，她的生活一切照旧。她把家里布置得舒舒服服的，照例穿着一身剪裁合体的旗袍，时常用精致的英式下午茶来招待她的朋友们。

　　太原路上的小别墅，仍然是她和女儿的安乐窝。失去了丈夫依傍的她，就把自己活成了一棵树，源源不断地为女儿提供养分。

　　那时，她和妹妹姚念贻、女儿郑梅萍并称为"姚家三美"，我见过一张她和女儿的合影，照片里，女儿郑梅萍出落得亭亭玉立，而年过四十的她倚在女儿身边，依然有一张精致得无可挑剔的脸，两个人不像母女，倒像姐妹。

　　有着那样一张脸的女人，一看就没有经历过风霜。

－贰－

　　命运是吊诡的，它曾经厚待过你，不代表会一直厚待你，甚至会因为曾经的厚待，给予你更多的磨难。

　　二十世纪六十年代，一场风暴席卷了全国，并彻底毁了她的安乐窝。

　　由于英国留学和长期供职外国公司的经历，1966年9月，郑念含冤入狱。

　　从那以后，她的人生一脚从春天踏入了冬天，六年半时间里，她被关进那座小小的看守所房间里，她的世界里再无春光明媚，取而代之的是风刀霜剑。

　　她首先要面对的是极其恶劣的居住环境。前半生都住在花园洋房的她，初进监狱，头一次知道世界上居然有如此地方。墙上都是脱落的土灰，不用碰就会往下掉，到了晚上入睡的时候，床上早落满了灰尘。

　　比这些更难忍受的是孤身一人的无边寂寞。在监狱里，郑念是被特殊对待的，享受的也是"特殊"待遇——她被单独囚禁在一间看守所房间里，没有人可以交谈，整天相伴的唯有四堵冰冷的墙壁，这比安迪在肖申克监狱的处境还要悲惨，安迪至少还有一群狱友可以聊聊天。

　　这一切足以摧毁许多人，那个年代蹲过监狱的人，不少人疯了，也有人撑不住死了。可郑念显然不在这些人的范畴之内，她没有疯，也没有死，而是顽强地活下来了，她凭的是钢铁般的意志和信念。

-叁-

　　不同于那些温柔娇贵的民国大小姐，郑念身上始终流淌着勇于抗争的热血。

　　很多人说她是一等一的名媛，其实她本质上是个斗士，和安迪一样的斗士。

　　这种反抗和斗争在她还没有入狱时已经初现端倪，一开始，她捍卫的是自己固有的生活方式，她拒绝换下旗袍，照样追求具有情调的生活。

银铛入狱后，前所未有的遭遇激发了她前所未有的斗志，她的反抗变得激烈起来，因为不服管教，她被狱卒称为"疯老婆子"，在他们看来，没有一个犯人像她那样"顽固和好斗"。

她绝不接受任何强加的罪行，她奋力讲道理、摆事实，为自己抗辩。看守所让她写交代材料，落款照例是"犯罪分子"，她每次都不厌其烦地在"犯罪分子"前面加上"没有犯过任何罪的"这几个字。在多次重写交代材料以后，再给她的纸上终于不再有"犯罪分子"这个落款了。

那个年头诬陷成风，多少人为了摆脱自己的罪名，转而向他人泼脏水。郑念却从不诬陷他人。为了摆脱让人发疯的孤寂，她有时故意和看守争辩，换来的往往是拳打脚踢，她却乐此不疲，认为这样有助于保持自己精神的健全。

她的双手曾长时间被反铐，每次方便后要拉上西裤侧面的拉链，都勒得伤口撕肝裂肺地痛，但她宁愿创口加深也不愿衣衫不整。有位送饭的女人好心劝她高声大哭，以便让看守注意到她双手要残废了。郑念想的却是："我实在不知道该如何才可以发出那种号哭之声，这实在太幼稚，且不文明。"

从小受到的教养，让她把哭泣视作软弱无能的表现，在她眼里，抗争也是一种积极的举动，比忍耐、压抑都容易振奋人的精神。

除了过人的勇气外，她的机智也让人佩服。即使是在暗无天日的牢笼里，她也利用着自己的聪明才智，尽可能改善居住环境。

她将原本就不多的米饭，每顿留一些当糨糊用，将手纸一张一张地贴在靠床的墙面之上，这样她的被褥便不会被墙上的尘土弄脏；她借"以讲卫生为光荣，不讲卫生为可耻"的句子，向狱卒借得扫帚将屋内打扫干净；她还借来针线将两块毛巾缝制成马桶垫；她甚至给自己裁了一块手帕做成了一个眼罩……

与其说她在维护着自己对生活的精致要求，不如说她在拼尽全力维护着自己最后一丝尊严与体面。

监狱生涯摧毁了她的健康，她的身体开始大出血，被诊断为子宫癌，却并没有摧毁她的斗志。

同样是被关在监狱里，安迪想尽一切办法越狱，郑念却拒绝看守所以"身体不适"的理由释放她，她拒绝走出监狱，提出得在上海、北京的报纸上公开向她道歉。

这是一个将尊严看得高于一切的女人，最绝望的时候，她也没有气馁过，牢狱困得住她的身体，困不住她的灵魂。

最终，因为牵挂着唯一的女儿，她同意出狱了，虽然没有得到想要的道歉，至少也证明了自己是无罪的。

－肆－

　　从监狱出来后，郑念已经快六十岁了，体重足足减轻了三十斤，从一个风华正茂的美妇人变成了一个面容苍老的老太太，只有一双眼睛显得特别明亮，那是因为她在狱中随时要提防外界。

　　在牢里时，有一次，看守所应她所求给她送来了女儿的棉袄，她看着那件全新的棉袄，猜测女儿肯定是遭遇不测了。出狱后，事实果然证实了她的猜测。人们告诉她，她女儿是跳楼自杀的，她不信，经过一番秘密调查，终于发现女儿是被人活活打死才扔下楼的，为首的凶手被判了死缓。

　　朱大可曾见过出狱后的郑念，那时她独自出入弄堂，风姿绰约，衣着华贵。她孤寂而高傲的表情，给他留下了深刻印象。

　　六十五岁那年，国门刚刚打开，郑念去了美国，临行时，她提着箱子，全身上下只有二十美元。

　　不过不要紧，她很快适应了国外的生活，学会了开车、去超市购物。为了怀念女儿，她用英文写了一生中唯一的一本书《上海生死劫》，一经出版就引起轰动，让她获取了丰厚的版税。那一年，她七十二岁。

　　凭着这笔版税，晚年的郑念重新过上了优渥的生活，她独自一人住在华盛顿的高级公寓中，演讲，交友，资助来自中国的青年学生。在书中，她写道："当落日渐渐西沉，一种惆怅有失及阵阵乡愁会袭上心头。"但她仍"次日清晨准时起床，乐观又精力充沛地迎接上帝赐给我的新一天"。

她一直活到了九十四岁才安然辞世。

比起她年轻时的美貌，我更爱她年老后备受摧残的容颜，那个时候的她又穿上了挚爱的旗袍，一头银色卷发一丝不苟，有一双老年人罕见的、幽邃晶亮的眼睛。

只有始终燃烧着的灵魂才会有那样灼灼的眼神。

-伍-

"有一种鸟儿是永远关不住的，因为它的每一片羽翼上都闪着自由的光辉。"

这是电影《肖申克救赎》中的经典台词，用来形容郑念也很恰当，她和安迪是同一类人，他们有着相似的灵魂，这种人是无法被困住的。他们从不期待救世主从天而降，因为他们明白，能够救赎自己的，唯有自己。

最终，他们凭借着自己的勇气和智慧，获得了身体和心灵上的双重救赎。对比起来，有多少人从来不曾身陷囹圄，却被怯懦囚禁了他们的灵魂。

心若是牢笼，处处为牢笼。自由不在外界，而在于内心。

微启示

郑念去世后，同样出生于上海的女作家程乃珊曾撰文追忆她。

在文中，她写道："名媛就是女中贵族，她们的崛起和出现，为中国女界开创了一种全新的文明和生活风格。贵族的'贵'，不在锦衣玉食、奴仆成群、前呼后拥，而在不用其一贯遵循的人文价值原则作交易，竭力维护自己在平民中的表率风范。"

真正的贵族名媛，不在于她享受了什么，而在于她承受了什么。正如福楼拜所说："一个真正的贵族不在他生来就是一个贵族，而在他直到去世仍保持着贵族的风采和尊严。"

郑念，这个将高贵融入了骨子里的女人，无愧为一个真正的贵族。

唐瑛：真正的美人，不会败给岁月

——自律的人才会终身美丽

我的一个闺蜜自从看了《我是歌手》节目，彻底成为李玟的粉丝。在此之前，她对李玟完全无好感，总觉得她除了身材好外，没有一点人文气质。是什么让她对李玟的印象突然改观了呢？

"你知道吗？她居然可以穿进十五年前的那件衣服！"闺蜜看着电视里穿着贴身长裙而无一丝赘肉的李玟，崇拜得五体投地。

"这有什么啊。"我哑然失笑。

闺蜜很不服气，说："这有什么？你看看身边有几个女人能穿得了十五年前的衣服。"

她这话还真问倒我了，不得不说，一个女人，能够穿得上十五年前穿的衣服，是件很不容易的事。多少苗条少女，在年过三十之后，都在往松弛和肥胖的方向一路狂奔。

我在脑海里搜索了一番，终于找到了一个可以"艳压"李玟的女人，她就是唐瑛。

从十六岁踏入交际场，到七十六岁在纽约去世，她用数十年如一日的风采，诠释了什么叫"终身美丽"。

—壹—

美女，对于很多女人来说只是一种称呼，属于人生的某个短暂时期，可对于唐瑛来说，美女是她的终身职业，她足足做了一辈子美人。

要想把美女当成终身职业，最好具有先天的优良条件，这一点，唐瑛无疑是得天独厚的。

首先她长得美。即使是在那个美女"纯天然无加工"的时代，唐瑛的美也是出类拔萃的。当时有"南唐北陆"之称，"北陆"即陆小曼，被胡适称为"北平一道不得不看的风景"，"南唐"就是唐瑛。

论知名度，唐瑛或许不如陆小曼，毕竟，后者因嫁了徐志摩而被人们永远记住了，但论美貌程度，唐瑛可能还要略胜三分。我见过她们年轻时的照片，陆小曼胜在风韵，而唐瑛则是个无可挑剔的"标准美人"。

她的长相，是那种宜古宜今、可中可西的。她穿一袭旗袍，梳一个别致的发髻，就像是从民国月份牌里走出来的工笔仕女，柳眉凤眼，一派古典气质；她着一件洋装，头发烫得蓬松，又成了典型的现代名媛，顾盼间相当洋气。

美是必要条件，可光有美是万万不够的，要成为一等一的美女，还得有优越的家境。美貌是天生的，气质则需要培养，寒门往往只能出小家碧玉，大户人家才能培养出见多识广的大家闺秀。

唐瑛的父亲唐乃安曾留学德国，是沪上名医，家境殷实。唐瑛的妹妹唐薇红晚年回忆，小时候家里光厨师就有四位，他们各司其职：两位厨师负责做中式点心，一位厨师负责做西式点心，还有一位厨师专门负责做大菜。

出生在这样的家庭，唐瑛从小就被当成公主养，她有十口镶金大衣箱，昂贵的裘皮大衣挂满大橱，穿也穿不完。她们姐妹去参加舞会，装备都很贵重，且不说首饰，一双精致的绣花鞋就价值二百大洋。

唐瑛姐妹从小锦衣玉食，却并无一丝骄矜气，这得益于良好的家庭教育和学校教育。她们就读的是中西女塾，宋家三姐妹和郭氏姐妹都是在此毕业的。在家里，她们被当成"准名媛"培养，吃饭时决不能摆弄碗筷餐具，不能边吃边说话；汤再烫，也不能用嘴去吹。

当时社交风行，许多大户人家的女儿都是从十几岁开始就踏入交际场，赵四小姐就是十六岁在私人舞会认识张学良的，唐瑛十六岁开始出入社交场所，因为她的绝代风华，很快就成为沪上名媛最出风头的人物。

−贰−

很多人把美女和名媛混为一谈，实际上两者并不相同。美女是天生的，名媛是后天"修炼"而成的，名媛也绝不等于"有钱的美女"，暴发户家再有钱，也很难培养出一个出色的名媛来。

如何才能从美女进阶成名媛呢？

唐瑛本身就是一部绝佳的教材。

作为一个名媛，她的才华必须配得上她的容貌，空有美貌"花瓶"的女孩是无法在社交场合获得青睐的。

唐瑛就是多才多艺的典范，她既精通英文，又擅长昆曲，跳舞、钢琴、绘画，样样拿得出手。

1927年，上海妇女界慰劳剧艺大会在中央大戏院献演节目，"南唐北陆"联袂亮相，共演了一出《拾画叫画》，陆小曼轻摇折扇，唐瑛款走台步，两人合演的剧照登上了报纸的头条。这一年，她才十七岁，在二十四岁的陆小曼面前毫不怯场。

1935年秋，唐瑛与沪江大学校长凌宪扬在卡尔登戏院用英语表演京剧《王宝钏》，这是英语版的京剧在国内首次演出。唐瑛不仅扮相美丽、戏路娴熟，而且开了用地道牛津英语唱京剧的先河。

有一次，英国王室到沪上访问，唐瑛演奏钢琴，清唱昆曲，其风头和光彩竟盖过了英国王室成员。

在当时，唐瑛的照片登上了《玲珑》月刊，这本杂志特别鼓励新女性向唐瑛看齐，将她当成榜样，要打扮，要交际，要更多地参加社会活动。她所受到的热捧，令许多女明星都望尘莫及。

作为一个名媛，她还得拥有足以引领潮流的高雅品位。

在二十世纪二三十年代的沪上，唐瑛的名字就足以代表着"品位"二字。

她钟爱一切华衣美服，极其注重修饰打扮，就算待在家里，一天也要换三次衣服，早上穿短袖的羊毛衫，中午穿旗袍，晚上家里有客人造访，就穿西式长裙。

据说她最喜欢的一件旗袍滚边上有一百多只翩翩飞舞的蝴蝶，用金丝银线绣成，纽扣熠熠生辉，竟然颗颗都是红宝石。

她还是外国品牌的拥趸，现代女性喜欢用的时尚品牌，她一早就都用惯了，香奈儿5号香水、菲拉格慕高跟鞋、CD口红、赛琳服饰、路易威登手袋，这些都是她的"御用"装备。

为了避免和其他名媛撞衫①，她常常别出心裁地一个人跑去逛街，看到新式洋服就将样式默记于心，回家后画出图样，在某些细部做些别出心裁的修改，然后吩咐裁缝用顶好的衣料做出，这样的衣服都是私人定制，独一无二。

有人曾称，是她和陆小曼联合创办了云裳服装公司，后来证明只不过是以讹传讹，云裳实际上是徐志摩的前妻张幼仪创办的。但唐瑛

———————————

① 撞衫，意为穿着一样。

可能也为云裳公司做过招牌模特，毕竟只要她穿的衣服就会有无数人抢着买，热度绝不逊于现在淘宝风行的明星同款。

—叁—

在那个时代，名媛是深受异性欢迎的，陆小曼每每在公园散步，身后就跟着一群粉丝，而她常常自顾自地往前走，连看也不看他们一眼。

唐瑛的魅力并不在陆小曼之下，追求者的数量和段位自然也不会逊色于她。

在她的众多追求者中，最有名的当属宋子文。

宋子文在当时是很多富家女心目中的白马王子，长相、身家都首屈一指，可他偏偏钟情于当时还不足二十岁的唐瑛。唐瑛的哥哥唐腴庐是宋子文的秘书，借此关系，宋子文频频出入唐家，给唐瑛送去了一封封情书。可一次意外事故终结了他们的感情，宋子文在上海火车北站遇刺，刺客认错了对象，开枪误杀了宋子文身旁的唐腴庐。

唐乃安怎么也不肯将爱女许配给宋子文，唐瑛也没有违抗父亲的意思。唯一可以证明这段关系的是宋子文写给她的二十几封情书，一直被她珍藏在抽屉里。

追求她最热烈的当属杨杏佛，他是孙中山的秘书，他为了追求她，托了刘海粟做说客，专程去她家里提亲，无奈唐乃安还是不看好杨杏佛，找了个借口婉拒了他。

唐乃安相中的女婿叫李祖法，李家世代经商，和唐家堪称门当户对，李祖法毕业于耶鲁大学，也算得上是青年才俊。唐瑛遵照父命，嫁进了李家。

可惜的是，旁人眼中的一对璧人，实际上却格格不入。婚后，唐瑛还是和以前一样爱玩爱应酬，而李祖法是个木讷保守的"工科男"，对妻子的行为颇有微辞。道不同不相为谋，儿子六岁时，唐瑛就和李祖法和平离婚了。

再次结婚时，她找了一个和自己志同道合的伴侣。他是容闳的侄子容显麟，容家也是大富之家，容显麟的性格和唐瑛一样，是个彻彻底底的"玩家"，性情比化学分子还要活跃，跳舞、骑马、钓鱼，无不精通，唐瑛将他视为"同道中人"，引为"蓝颜知己"。夫妻都有很强的娱乐精神，这样的婚姻，夫妻自然能够玩到一起。

1948年，唐瑛随夫君远赴美国，在大洋彼岸，她仍然保持着沪上名媛的生活方式。

她和儿孙们一起去看戏、看电影，回来吃她自己做的点心。据说，她炒的芹菜牛肉片比饭馆里的还好吃，吃过她包的馄饨，也不想吃饭馆的馄饨了。

丈夫去世后，她和儿子住在一起。她没有用保姆，把自己打理得清清爽爽，哪怕出门和邻居打个麻将，也会穿上高跟鞋、涂上口红，直到年近八旬去世时，她始终是一个漂漂亮亮、体体面面的女人。

她总令我想起蒋晓云《百年好合》中那个活了百岁、儿孙满堂的老太太：人人都羡慕她命好，却不知道诀窍是"心淡"。"心淡"说起来容易，可是人生要不先经历些事把心练洗了，哪能淡得了？

唐瑛这一生，失过恋，离过婚，情火里走一遭，她始终淡然处之，随遇而安，把别人的"忍受"生活变成了"享受"生活，旁人都羡慕她的生活，可有几个人能做到像她这样"心淡"？

−肆−

唐瑛和陆小曼常常被拿来做比较，其实她们是完全不同的两个人。有人对比她们说，陆小曼是一时的美人，唐瑛却是一世的美人。

二十世纪七十年代，唐瑛回国探亲，妹妹远远看见一个身着葱绿色旗袍的美人从机场楼梯上走下来，一眼就认出是姐姐唐瑛，因为这么多年过去了，她的身姿风度一点都没变，举手投足间没有一点老妇人的疲态，身形仍然苗条挺拔如二八少女。

而当年和她齐名的陆小曼，早已因为沉迷于抽大烟，四十多岁一口牙齿就已全部脱落，有人见过晚年的她，说她脸色白中泛青，骨瘦

　　也许人生的真谛就是不管你做出什么样的选择，都会有遗憾，我们所要做的，就是为自己的选择做出应有的承担。

　　一段关系能同时为两个人带来滋养，让彼此成为更好的人，这才是美好的爱情。

如柴，牙根发黑，唯独保有几丝旧时的风韵。

可见，能够做一世的美人，是件非常不容易的事，这需要高度的自律。作家李筱懿就说过，美女都是"狠角色"，那些始终活得漂亮的女人，都舍得对自己"下狠手"。

就像唐瑛那样，几十年如一日保持着规律的生活，每一餐都按照营养均衡合理搭配，几点吃早餐，何时用下午茶，晚饭什么时候开始，都遵循精确的时间表。

在那么多年里，她一直保持着爱美的劲头，从未松弛，从未懈怠。唐瑛的小妹妹曾在书中写道："我大姐姐爱玩，爱打扮，爱跳舞，爱朋友，爱社交，爱一切贵的、美的、奢侈的东西。所有的爱好，到老都没有改变。"

微启示

这世界上所有的结果，都来自我们自己的选择。你选择轻松惬意，就不要埋怨身材发福走形；你选择不断地追求美丽，就要承担随之而来的累。

美貌就像才华，有些人天赋异禀，却并不懂得珍惜，年少时可以任意挥霍，等挥霍完了，总有一天会泯然世间。有些人天资平平，却懂得苦心经营，在付出大量汗水后，极有可能脱颖而出。

老天给予我们的时间都是一样的，岁月对有些人来说是把杀猪刀，在极个别人那里却化成了一台雕刻机，把她打磨得越来越优雅，越来越出众。

有句话说，三十岁以前的容貌靠爹娘，三十岁以后的容貌靠自己。奇怪的是，很多女人在各方面都努力拼搏，唯独早早就放弃了身体建设。其实，最应该花时间精力、最应该被善待的难道不应该是我们的身体吗？

村上春树说得好：身体是每个人的神殿，不管里面供奉的是什么，都应该好好保持它的强韧、美丽和清洁。

只有严格自律的人，才有可能终身美丽。

蒋英：有一种爱情，既是相似，也是互补

——美好的爱情，会滋养彼此

谈恋爱，到底要找个相似的人，还是找个和你互补的人？

一千个女孩子想必有一千种不同的答案。

金庸小说中的郭靖和黄蓉，可以说是互补型爱情的最佳代言人。他们一个笨拙，一个慧黠；一个稳重如山，一个灵动若水；一个正义，一个邪气。这样看似水火不相容的两个人，却奇迹般地互相吸引，并相携相爱走过了一生。

很多读者在被书中爱情打动的同时，难免心存疑问：现实中，俏黄蓉若嫁了傻郭靖，真的会幸福甜蜜一辈子吗？

这样的例子不多见，不过还真有。金庸的远房表姐蒋英，就嫁了一个和自己完全不一样的男人，他的名字叫钱学森，我们通常叫他"两弹一星元勋"。

蒋英和钱学森，两个人从所从事的专业到性格都截然不同。一个是艺术家，一个是科学家；一个活泼，一个严肃；一个生性浪漫，一个一板一眼。

　　反差如此大的两个人，却被称为"天作之合"，是人们心目中科学与艺术相结合的典范，也是现实版的神仙眷侣。

-壹-

　　把钱学森比作郭靖有些侮辱先生超人的智商，可将蒋英比作黄蓉再恰当也不过。如果硬说有什么区别的话，可能是她身上没有黄蓉的小"邪气"。

　　童年时的蒋英，活脱脱一个"小黄蓉"，娇俏、活泼、多才多艺，和黄蓉一样，她拥有人见人爱的美貌，也拥有一个令人敬畏的父亲。

　　蒋英的父亲蒋百里是近代军事史上的传奇人物，其传奇程度和黄蓉的父亲黄药师有得一比。在战场上，蒋百里这个名字足以让日军闻风丧胆，至今"一个蒋百里就两次打败了整个日本陆军"的传说仍在日本老一辈人中流传。

　　他的原配夫人是金庸的同族姑母查品珍，后来却另娶了一位日本妻子。作为查品珍的远房侄子，金庸对蒋百里的行为表示理解，为他辩解说："查夫人是百里留学前奉父母之命订下的亲，迎娶她是迫不得已的。就像鲁迅的原配夫人朱安、郭沫若的原配夫人张琼华，都是父亲攀交情、母亲讨媳妇，而不是丈夫讨妻子，所以这是不足于为百里病的。"

蒋百里娶了日本夫人后，一口气生了"五朵金花"，蒋英就是其中最漂亮也最伶俐的"小三子"。

蒋家和钱家是世交，蒋百里与钱学森的父亲钱均夫是同窗好友、莫逆之交，所以钱学森和蒋学英是货真价实的青梅竹马、两小无猜。

钱家只有钱学森一个独子，于是钱妈妈提出，想要蒋家过继一个女儿给自己。在"五朵金花"中，钱家选择了活泼可爱的小蒋英。得到蒋家的应允后，钱家正式办了过继酒席，把四岁的蒋英改名为"钱学英"，让她与奶奶一起住进了钱家，钱学森比她大八岁，于是两人开始以兄妹相称。

在钱家，小蒋英度过了一段温馨的岁月。她曾和小哥哥钱学森在家庭聚会上一起合唱《燕双飞》，逗得两家大人开怀大笑，也为他们今后的结缘埋下了美好的伏笔。

小蒋英在钱家待了只几个月就闹着要回家，除了思念爸妈，也与小哥哥钱学森的"不解风情"有关。

她后来回忆说："他有很多玩意儿，口风琴、球什么的，但他不会跟小妹妹玩。他就看着我，逗我，所以我不喜欢这个哥哥，我要回家。"

一个十二岁的少年和一个四岁的小囡囡确实没什么共同语言，就这样，小蒋英被送回了蒋家。走之前，钱妈妈十分舍不得她，还对蒋妈妈提出条件："你们这个老三，现在是我干女儿，将来得给我当儿媳妇。"

因为童年时的这段小插曲，后来他们结婚了，钱学森还经常笑称："蒋英是我家的童养媳。"

话虽如此，但当时，钱学森可一点都没有把蒋英当"童养媳"的想法。毕竟，她太小了。

大学毕业后，他去了美国留学，获得了博士学位，并和导师冯·卡门共同开创了举世瞩目的"卡门—钱学森公式"。从此，钱学森的名字传遍了世界。

而蒋英则在十七岁随父游历欧洲，进入柏林音乐大学学习，二十出头就获得了万国音乐年会的女高音第一名，是东亚第一个获此殊荣的人。

看上去，他们走的是截然不同的道路，也形成了截然不同的个性，甚至很长时间中断了联系，几乎看不到再有交集的可能性。钱学森在美国求学和任教时，出了名的苛刻和不近人情，他对自己很严格，对别人更严格，曾因出题太难让全班学生吃零蛋，他还放言说："我教的又不是幼儿园。"

先生对异性，也像小时候一样兴趣寥寥。有人曾给先生介绍一个女孩子，他去接那个女孩子参加聚会，在路上就把她丢了，一个人跑去聚会。如此对待女孩子，难怪他直到三十六岁还是单身。

蒋英生就一派迷人的风度，出众的美貌加上开朗的性格，让她走到哪里都是人群中的焦点，追求她的男性更是不计其数。

那时，她已在上海兰心大剧院举办了首场独唱音乐会，唱了《卡门》等。一开口，全场都被震住了，听众都没想到，看上去娇娇怯怯的美人儿，居然有响遏行云的本事。

表弟金庸这是头一次听她唱歌，立马成了表姐的铁杆粉丝，第二天就在报纸上称赞她"歌唱音量很大，一发音声震屋瓦，完全是在歌剧院中唱大歌剧的派头，这在我国女高音中确是极为少有的"。

-贰-

钱学森和蒋英多年后重逢，是在一次饭局上。

那一年，他三十六岁，她也二十八岁了，两个人年纪都不小，可眼光都挺高，忙于成就一番事业，忙着忙着就成了大龄单身贵族。

钱学森那时已是麻省理工学院最年轻的终身教授，出于人生中最意气风发的时期。他一回国，上海很多大户人家都想把女儿嫁给他，甚至求到了他的干妹妹蒋英那里，托她做媒。蒋英不负所托，精心安排了一次相亲饭局，饭局上，一位富家女看上了钱学森，邀请他去她家观赏名画。

钱学森却大煞风景地回答说："不好意思，我明天上午那个时间没有空。"

作为媒人，蒋英有些坐不住了，更让她坐不住的是，她发现干哥哥一双眼睛左看看右看看，一直在朝她看。

　　她不知道的是，从未对女孩子动过心的钱学森，生平第一次动了真心，对象就是她这个干妹妹。十几年不见，她早已不是记忆中那个小丫头，而是出落得光彩照人，实在是生平未见的佳人，令他一见就难以移开视线。

　　几天后，钱学森在上海交大举办了一次演讲，他惊喜地发现，蒋英居然坐在下面的听众席里。

　　演讲结束后，钱学森主动提出要送蒋英回家，到了蒋家，他坐着一声不吭，只盯着她看。蒋英为了打破尴尬，便说："我这里有很多唱片，挑一张放给你听好不好？"

　　钱学森摇头表示不必。

　　一片难堪的沉默之后，他忽然笑着开口说："咱们一起去美国好不好？"

　　表白来得如此突然，如此直接，蒋英方寸大乱，找个借口说："不行，我有男朋友了。"

　　换了别的人，也许打退堂鼓了，可钱学森霸气地宣称："我也有女朋友，但从这儿开始，你的男朋友不算，我的女朋友也不算，我们开始交朋友。"

　　对于这样的宣言，蒋英瞠目结舌，完全不知如何拒绝。可能在内心深处，她对这位干哥哥的学识风度十分崇拜，也一见倾心。

　　没过多久，农历七月初七，正是牛郎织女相会的日子，钱学森特意挑了这一天向蒋英表白，蒋英这次没再找借口，而是一口答应了。

不愧是讲究效率的顶尖科学家，从回国第一次见面到结婚，钱学森仅仅用了六个星期就把蒋英娶回了家。

婚礼非常新潮，现场有人演奏《婚礼进行曲》，蒋英穿着喜庆的红色洋装，大踏步地走进了礼堂，西装革履的钱学森喜笑颜开，深情的目光不离新娘子左右。

这是一对在任何人看来都无比般配的璧人，从外形、家世、身份到学问都相当登对，他们的婚姻被称为科学和艺术的联姻。

可新婚后没多久，蒋英就发现婚姻生活并不如她期待的那样完美，因为钱学森实在是太醉心于科学研究了。

她随他去美国共同生活的第一天，两人刚吃完早饭，钱学森突然站起来向她告别："我走啦，晚上再回来，你一个人慢慢熟悉吧。"说完就出门了。

留下惊呆了的蒋英，禁不住想："这叫结婚啊？我才第一天来。"

人生地不熟的她不敢一个人出门去熟悉环境，只好在家枯等了一天。她等啊等，直等到夜色降临，才等到钱学森回家。

他们出外吃了个快餐，回到家里，钱学森嘴里说着："回见，回见。"拿着一杯茶就进了小书房，门一关不见了人，直到晚上十二点才出来。

蒋英有些哭笑不得，更让她哭笑不得的是，从那以后的六十多年

里，钱学森每天晚上都是吃完饭，拿着一杯茶就进了小书房，从没有
找她聊天，更没有找朋友来玩。

－叁－

嫁了一个视科学为生命的丈夫，很容易让女人倍感冷落，从而怨
气冲天。

将英却没有沦为怨妇。

因为她并没有在嫁人之后，将所有的喜怒哀乐都系于丈夫一人身
上，而是保留了独立的精神世界，她常对丈夫说的一句话是："你搞
你的，我搞我的，我不打搅你，你不打搅我。"

她是钱学森的夫人，也是女高音歌唱家蒋英。她的歌唱事业没有
因嫁给钱学森而中断，反而蒸蒸日上，甚至怀孕时，她担心的问题也
是"肚子大了究竟会不会影响气息"。

她迅速和周围的人打成了一片，她见多识广，美丽大方，加之一
副好歌喉，倾倒了整个加州理工学院的男性，他们说"我们全都爱上
了钱太太"。

除了坚持自我外，更重要的原因是她和钱学森彼此相爱，弥漫在
彼此之间的爱意化解了可能产生的怨气。

钱学森虽然有些"呆"，可并不是一味地"呆"。他多才多艺，

热爱音乐，这点和蒋英志同道合。他到美国各地讲学或出差，总是不忘给妻子买礼物——往往是蒋英最喜欢的音乐唱片。

那是蒋英回忆中最浪漫的一段岁月，直到多年后，她仍常常回忆说："那个时候，我们都喜欢哲理性强的音乐作品。学森还喜欢美术，水彩画也画得相当出色。因此，我们常常一起去听音乐，看美展。我们的业余生活始终充满着艺术气息。不知为什么，我喜欢的他也喜欢……"

生活当然不止浪漫和温馨，更多的是动荡和琐碎。

钱学森一心想着回国报效祖国，美国海军次长金布尔声称："钱学森无论走到哪里，都抵得上五个师的兵力，我宁可把他在美国击毙，也不能让他离开。"

在长达五年的时间内，他们夫妇被软禁了，住所被监视，电话也被监听。这段艰难的日子里，是蒋英用温柔和陪伴抚平了他心中的愤懑。她一个人带着两个年幼的孩子，再辛苦也从不向丈夫出声诉苦。闲暇时，她弹吉他，他吹笛子，中西合璧，演奏一曲室内古典音乐，再灰暗的日子，始终有爱和音乐相伴。

钱学森曾经建议蒋英带孩子先回国，她坚决地表示："不，我们到哪里都在一起。"

她说到了，也做到了。

几经周折回国后，钱学森因为要研究导弹，经常神秘失踪一段时间。蒋英有时也会忍不住去"索夫"，但大多数时间，她依然独自照顾着两个孩子，独自一人投身音乐艺术中，渐渐成为声乐教育领域的权威。

她的风采，令学生怀念至今，中央音乐学院教授赵登营至今记得蒋英给她上的第一课："真把我镇住了，她往钢琴前一坐，腰板笔直，风度优雅，和弦弹下去，每个音都带着情感。"

那时，她已经七十二岁了，依然是个迷人的老太太。

当年那个对她一见钟情的"傻小子"，早成了国宝级的科学家。可他对她的倾慕，终生没有减少半分。她每次登台演出，他总是默默地坐在下面，为她鼓掌喝彩；他晚年获了很多奖，总是诙谐地对蒋英说："钱归你，奖（蒋）归我。"

蒋英在生活上照顾了钱学森一辈子，她最怕的，是自己走在他前面，担心没人照顾他。

上天听到了她的祈祷，钱学森早于她离世，享年九十八岁，三年后，九十二岁的蒋英宁静地追随他而去。

如果有另一个世界，他们一定在那里合唱着那首缱绻甜蜜的《燕双飞》，一如他们初相识时。

－肆－

写钱学森和蒋英的故事时，我常常会想，他俩性格的差距看上去那么大，究竟是什么原因让他们白头到老？

后来无意中看到蒋英的一次访问，访问里她说自己非常喜欢表弟金庸的小说，尤其是《射雕英雄传》，她评价说："黄蓉的巧慧是郭靖质朴的补充，而郭靖的天拙有时候又能克制黄蓉的机巧，所以这两个人肝胆相照，生死相依。"

这正是她和钱学森婚姻生活的写照，我想，他们爱情之树长青的秘诀，也许就藏在这句话中。

钱学森和蒋英，正如郭靖和黄蓉，看上去截然不同，实际上心灵相通，"三观"一致是他们相爱的基础，性格互补则让他们的爱情之花常开不败。

微启示

一般人看《射雕英雄传》，都看到的是郭靖和黄蓉的差异，却很少有人发现他们的"三观"是相似的，所以黄蓉能与郭靖在襄阳城同生共死，真正实现了她重伤时伏在郭靖背上说的那句诺言："生，你背着我；死，你背着我。"

蒋英和钱学森也是如此。他们都淡泊名利，不事张扬，到了晚年相约"四不"原则：不题词；不为人写序；不出席应景活动；不接受媒体采访。在大是大非方面，比如回国还是不回国，他们能够达成一致，钱学森报效祖国，离不开蒋英的支持。

　　相似的"三观"让他们共同进退，互补的性格则让他们绽放出全新的生命力。郭靖有了黄蓉之后才如虎添翼，从傻小子蜕变为一代英雄；黄蓉若没有遇到郭靖，说不定会一直像郭芙那样刁蛮任性。钱学森娶了蒋英之后，性格变得平易近人多了，朋友们都说他就像变了个人；蒋英嫁给钱学森后格局更大了，眼界也更高了。

　　一段关系能同时为两个人带来滋养，让彼此成为更好的人，这才是美好的爱情。

卷 三

不念过去，不畏将来

有两种活出自我的女人，一种从小就知道自己要什么，目标明确、个性鲜明；另一种一开始懵懵懂懂的，后来面目才慢慢变得越来越清晰。

林青霞：她不是东方不败，她是东方美人

——幸福不过是求仁得仁

相信很多"80后""90后"和我一样，爱上林青霞都是从东方不败开始的。永远记得，在那部电影里，她一袭红衣，微仰起头，骄傲而落寞地说："你们这些负心的天下人！"

这是怎样的一位佳人！那是我生平第一次知道了美丽原来可以让人瞠目结舌到如此地步。那时还不知道"风华绝代"这个成语，只是突然间感觉到，别的大美女和她一相比，真是黯然失色。

我年少不经事时，曾如痴如狂地喜欢过很多明星，但唯有她当得起"偶像"这两个字。哪怕对张国荣，我更多的也是一份灵魂契合的欣赏和怜惜，只有对她，却是彻头彻尾的迷恋和崇拜。在雌雄同体的东方教主面前，平凡如我，除了臣服于她的美并终生不渝之外，别无他念。

她那么美，美得倾国倾城；她那么骄傲，骄傲得不可一世。

现在想来，我喜欢的可能是银幕上的那个"她"，银幕之下，她理性克制，亲切随和，到了"开到荼蘼花事了"的年纪，就会选择嫁

给爱自己的人；在遇到八十岁的山东老奶奶时，会亲切地送上一张签名照。

这才是真实的她，比银幕上的她更具人间烟火味，更加平易近人。

迷恋东方不败的人，总是喜欢把对电影角色的期待套在林青霞的身上。人们渴望着她任性如风，潇洒不羁。

事实上，她不是东方不败，她是典型的东方美人，具有典型的东方式智慧，懂得取舍，进退自如，她不要一生骄傲，她只想现世安稳。

-壹-

有些人天生就是要做明星的，林青霞就是如此。

她出生时，母亲为了给她取名，翻遍了家中的书籍，最后从一本武侠小说中找到灵感，书中那位超凡脱俗的女侠就叫青霞。

母亲希望这个小小女婴将来能像青天上的彩霞一样，人人都能欣赏到她的美。

林青霞长大后，果然没有辜负母亲的期望，出落得无比美丽。看她少女时代的照片，才知道原来真有"天仙化人"这回事。

那时的她就是琼瑶笔下的那种清丽少女，小小的一张脸，两道长眉入鬓，一双眼若秋水，不笑的时候有些清冷，一笑便如春花绽放。同样是美女，有人形容李嘉欣美得石破天惊，那么林青霞则美得鬼斧神工——她的身上始终笼罩着一层仙气，因为没人相信凡人会美成那个样子。

美丽如同贫穷，是无法遮掩的。十七岁的林青霞，高考落榜，正是失意彷徨时，与女同学一起逛西门町时被星探一眼相中，由此踏入了《窗外》的片场。

试镜时，同来的女同学很大方，她却只敢害羞地躲在后面。导演更青睐那个大方的女同学，男主角的扮演者却更看好林青霞，他觉得她身上那种怯怯的气质，就像琼瑶笔下的江雁容。在他的坚持下，导演终于选了林青霞。

那个男主角的扮演者，叫秦汉。

由此，他们开始了长达二十二年的纠缠。

-贰-

林青霞的前半生，活得就像琼瑶笔下的女主角。

她是最美的琼瑶女郎，主演过十二部琼瑶的电影。有人曾经问琼瑶，用过那么多女演员，最喜欢的是谁。琼瑶总是热诚地回答说："林青霞！她是我心中永远的青霞。"

　　琼瑶为何如此偏爱林青霞？因为后者太符合她小说中人物的气质了，《窗外》中的江雁容生得纤细瘦小，一双如梦似幻的眼睛略带几分忧郁，这不就是年轻时的林青霞吗？

　　年轻时的琼瑶和林青霞，气质和经历本来就有几分相似。她们都热爱文艺，都有个强势的母亲，高考都落榜了，都分外敏感，爱情的需求都十分强烈。琼瑶按照她的理想塑造出江雁容等人物，没想到林青霞居然能将她笔下的理想人物诠释得如此完美，所以二者惺惺相惜。

　　《窗外》是根据琼瑶亲身经历写成的一本小说，是她最重要的一本书，巧的是，《窗外》也是对林青霞来说最具意义的一部电影。

　　琼瑶用《窗外》来悼念她逝去的爱情，林青霞则借《窗外》开始了一生中最刻骨铭心的一段情。

　　初遇秦汉时，他早已成名，她却是个初涉影坛的新人，对他充满了仰慕。许多年以后，她接受访问时，描述初见秦汉那一幕，说他穿着白色上衣，黑色西装裤，头发长长的，看上去好忧郁，好有气质，俨然小说里所写的那种白马王子。

　　不管后来岁月变迁，初见时的美好一直留在她心中。她的一生，绕不过那部《窗外》，也绕不过那个男人，所以后来她写的第一本书，书名就叫《窗里窗外》。

　　她和秦汉的爱情，也完全是琼瑶式的。

　　银幕上，他们是风靡一时的金童玉女。两个人一起拍了《一颗红豆》《金盏花》《雁儿在林梢》《彩霞满天》等多部琼瑶电影，林青霞成了东南亚男人的"女神"，秦汉也是无数少女的梦中情人。

银幕下，他们因戏生情，两颗心慢慢靠拢。秦汉比林青霞大八岁，正是一个男人最有魅力的年纪，林青霞形容那时对秦汉的感觉，用了"迷倒"两个字，可见她对他爱慕之深。

作为林青霞的粉丝，我很喜欢看他们演的那些戏，虽然剧情乏善可陈，但看着那么漂亮的两个人在树林里追逐嬉戏，也是件赏心悦目的事。

让她纠结的是，他已经结婚了，妻子叫邵乔茵，是个性格很要强的女人。听说他们的绯闻后，邵乔茵跑到片场去闹，弄得二人尴尬不已。

那年的亚太影展，林青霞没有收获任何奖项，感到情场职场两失意的她吞服了过量安眠药，闹出了自杀的传言，可见她为这段感情困扰之深。

为了逃开这一切，她远走夏威夷。秦汉没有追过去，秦祥林却追了过去。

二十世纪八十年代的台湾影坛，是"双秦双林"的天下。"双林"是指林青霞和林凤娇，"双秦"则是指秦汉和秦祥林。秦祥林外号"花心查理"，这么一个风流大少，却甘愿为林青霞离了婚，一个人追到美国去。

林青霞感动之下接受了他的追求，订婚前夕，她专程从夏威夷打电话给秦汉，本来期待他会挽留自己，没想到心中的他只是云山雾罩地说了一通"你是个悲剧人物"之类的话。一气之下，她果断和秦祥林订了婚。

和秦祥林在一起那四年，林青霞和秦汉都过得很不开心。得知她订婚后，秦汉天天去酒店买醉，邵乔茵见完全留不住他的心了，总算同意和他离婚。林青霞呢，表面上看快快乐乐的，可熟悉她的朋友都发现她实际上有些忧郁。

唯一开心的是秦祥林，虽然他和林青霞最终以分手告终，回忆往事时他仍然说："能够和她这样的女人在一起过，我没有遗憾。"

这段感情对于林青霞的意义则是，她确认了秦汉才是自己最爱的男人。兜兜转转，她和秦汉在都恢复单身之后，终于在琼瑶的撮合下重新走到了一起。

-叁-

那个阶段对于林青霞来说，每一天都快乐得闪闪发光，她恨不得向全世界宣称："秦汉是我林青霞的男人了。"

这个男人，她仰慕了那么多年，现在终于成了她的，一开始，他简直满足了她对男人和爱情的全部幻想。

他带她去日本奈良看樱花，两人在满天缤纷落英中互许终生；

她在香港拍戏出了点意外，他接到电话时紧张得全身都发抖；在她的小型生日聚会上，他们当着朋友的面拥吻在一起，收获了一片掌声。

复合后他们拍了一部戏，就是三毛编剧的《滚滚红尘》，主角原型是张爱玲和胡兰成。戏里戏外，她都爱他爱得发狂。当真正爱另一个人时，看他的眼神是会发光的。她演的沈韶华，看向他演的章能才时，眼睛里就满是光彩。

都说她不太会演戏，凭着这部戏，她终于拿到了向往已久的"金马奖"。只因为和她对戏的那个人是他，她才可以全情投入，从而收获了从艺以来最好的表演大奖。

拿奖后，他和她一起去上电视访谈，两人坐在沙发上，她偎在他的怀里，像只依人的小鸟，脸上是灿烂的笑容，感觉那样甜，一开口说话，更是甜得要溢出来。

她说对现阶段的生活特别满意，戏呢，也拍了不少，"金马奖"也拿了，男朋友也很好，钱也赚了一些，实在是别无所求了。他说得少一点，笑她连存钱这种事也拿出来说，看向她的眼神写满了宠溺。

还有一次，她去上倪匡的节目，倪匡、黄霑、蔡澜三人都在，倪匡公开说觉得秦汉配不上她，她马上捍卫秦汉说："什么啊，他是世上最好的男人，真的，比你们三个都好。"

事业上，她也凭着徐克的《笑傲江湖之东方不败》再次红遍东南亚。徐克称赞她是五十年难遇的美人，他重新发现了她的美。她饰演东方不败时，已经过了她最好的年华，却让人们不得不感叹，原来最高形式的美，都是雌雄同体的。

她是一个追求完美的女人，在她三十多岁时，一切都达到了完美。

她不知道的是，当月亮最圆时，下一步就是一点点变缺，当一朵花开到极致，就是萎谢的时候了。

她和秦汉的感情经过了那么多考验，却敌不过相守在一起的一地鸡毛，最终她嫁的那个人，并不是他。

这让无数人为之扼腕叹息。一个影迷曾经撰文感叹说："人间处处有遗憾，最憾是——青霞不能嫁秦汉！"

−肆−

这么登对的两个人，为何最后却松开了彼此的手？推而广之，为什么那么多曾经相爱的金童玉女，最后却无法共白头？

我想，可能是因为他们都是"被宠坏"的人，得到的爱太多，因此谁都不愿意做那个付出更多的人。

秦汉自己就坦承过，他不是一个适合谈恋爱的人，因为他不知道怎么迁就女孩子，不知道怎么哄女孩子开心。

　　林青霞可能是入戏太深，一直拿着琼瑶式爱情的浓度和标准来要求秦汉，她想要很多很多爱，可他能给她的远远不够。

　　两人在一起时，一直是她在付出、她在迁就，吵了架之后，她总是先低头的那个人。她在香港过圣诞时，打电话叫他过来看她，他却淡淡地说："既然是你叫我去看你，你就帮我买好机票吧。"

　　她渴望有个家，用各种方式暗示他想结婚，他却从来不肯给她承诺，连蔡澜他们都说他"无胆"。

　　那时的她，年近四十，独自一人在香港打拼，在扮演东方不败时，头上要戴很重的头套，每次都痛得她直流泪，徐克见了，自责地说："青霞，是我不好。"她背过头去流眼泪，说："不，是我命不好。"

　　真是闻者心酸。谁能够想到，戏里笑傲江湖的东方不败"教主"，戏外却是这样一个为情所困的无助女子，年近四十，前程茫茫，不知道出路在哪里。

　　她是个很需要安全感的女人，亦舒曾夸她"美而不自知"，所谓不自知的美，无非是因为没有得到很充分的爱，所以信心不足。

　　林青霞为何会弃秦汉而嫁邢李㷧？只因后者能给她安全感。据传她在上海拍戏时患病，秦汉不愿意过来陪她，邢李㷧第二天就出现在她面前。上《偶像来了》时，她说起邢李㷧时，形容道："他是真的对我好，好到就是要星星、月亮他都会给我想办法。"

　　四十岁那年，她风光大嫁。婚礼视频里，她身着红衫，对着镜头笑意盈盈地说："我要告诉全世界，我林青霞终于结婚了。"

后来因婚变传闻，有人质疑她嫁错了人，他们忘了，人总是只能做出在彼时彼地最合适的选择。

在爱和安全感之间，这次她选择了安全感。

-伍-

无论影迷们怎么不喜欢邢李㷧，都不得不承认，这个男人曾经给过她向往的岁月静好。

他给了她邢太太的身份，一掷千金买价值过亿的豪宅送给她做结婚纪念日礼物，她生的两个女儿，一个叫"邢爱林"，一个叫"邢言爱"（谐音仍然爱），他的确对她用过心。

只是后来，关于他们婚变的传闻铺天盖地。他们的婚姻持续了二十多年，就"被离婚"了二十多年。

加上林青霞自己也说过婚后曾失眠抑郁过，很多人都愿意把她想象成豪门怨妇。

但看林青霞在电视节目上的状态，一点都不像个怨妇。怨妇其实不是一种身份，而是一种选择，有些女人婚姻一遇到问题就会怨气横生，林青霞不一样，她是一个有智慧有灵性的女人，这种智慧和灵性，是沧桑岁月和坎坷人生赠予她的礼物。

　　走过了人生的风风雨雨，她早已经知道自己要的是什么，也知道自己不能什么都要。她一心要爱的时候，就勇敢去爱，她想结婚的时候，就找个人嫁了。这样的女人，就算遭遇婚姻上的变故，她也不会让自己沦为怨妇。

　　看她在《偶像来了》中的表现就知道，她已经活得云淡风轻，身上并无怨气，对于她爱过和爱过她的人，她只有感激，没有怨恨。

　　她是那种典型的老派人士，事事都讲究恰到好处，事事都为他人着想，几乎没有人不夸她好，连邢李㷆的前妻张天爱都感激她照顾继女特别周到。黄永玉曾经鼓励她做个野孩子，她也努力过，但她骨子里真不是个野孩子。

　　这样的人生，当然不如东方不败那样任性不羁来得过瘾，但那有什么关系，这才是她真实的样子。

　　她这一生，想得到的基本都得到过，想拍戏，就一口气拍了上百部电影，想写作，就在五十多岁时提笔细写，有过轰轰烈烈的爱情，也有过细水长流的婚姻。六十岁时，回顾自己的一生，林青霞用了"圆满"两个字。

　　所谓幸福，不就是求仁得仁吗？至于快乐，纯属生命的奇迹，作为一个成年人是不应该只奢求快乐的。

微启示

很多年以后，卸下了光芒的林青霞开始以另一种形式接受众人的注目。她写专栏了，人们于是争论她的文字是否有资格见诸报章；她上了真人秀，人们发现"女神"原来这样可亲可近；五月的街头，剪了短发的她对着狗仔队灿烂一笑，顺理成章地登上了当天的报纸头版。

曾经有一个叫铁屋彰子的日本女作家，花了十年的时间往返于洛杉矶、香港和台湾无数次，只为了写一本关于她的传记。她感慨地说人生能有几个十年？她希望爱林青霞的人能放下林青霞拎起自己，为自己的人生好好打拼。

铁屋彰子不知道的是，我们爱林青霞，其实并没有爱得失去自己，就像蔡康永所说的，爱一个偶像就等于爱着你自己，爱着因为她而变得更好的自己，爱她，是本性，是注定，是天然。

走下了神坛，林青霞依然是我们的"女神"。

邓丽君：她的歌声抚慰了全世界，除了她自己
——人生是苦的，你要学会苦中作乐

如果只能选择一位歌手来代表华人的声音，你会选谁？

我的答案是邓丽君。

二十世纪五十年代到八十年代出生的人，谁的记忆里没有一首邓丽君的歌呢？

二十世纪八十年代至九十年代，录音机在小山村还是件稀罕的东西，爱时髦的年轻人不知从哪儿弄来几盒卡带，小小按钮一按，里面就传来一首首美妙的情歌。

那个年代，大街小巷都流行酒廊情歌，人们整天听的不是邓丽君就是韩宝仪，一首《月亮代表我的心》风靡全中国。

当时我年纪小，说不出个所以然，只觉得那歌声甜丝丝的，听在耳朵里无比熨帖，常常一边写作业一边跟着录音机哼唱"你去看一看，你去想一想，月亮代表我的心"，心里感觉轻飘飘的，说不出的惬意。

直到现在，一听邓丽君，就会有种穿越时空的感觉。她的歌声仿佛能把人带回20世纪，那时候天总是很蓝、日子总过得很慢，所有人

都从容不迫，所有爱情都细水长流。

如今，唱歌的人早已经不在了，她的歌声却会一直流传下去，继续慰藉人心。

-壹-

一提到邓丽君，很多人下意识地会想到一个字——甜。

她的歌是甜的，湖南人形容一样事物甜，喜欢用"清甜"两个字。邓丽君的歌声就是清甜的。她的声音里，没有一丝一毫幽怨，纵使她唱着"不知道为了什么，忧愁它围绕着我"，你仍然觉得她没有怨气，只是在静静地诉说着。

她的人也是甜的，圆圆的一张脸，笑起来眉眼弯弯，大眼睛里满是柔情。她爱穿旗袍，整个人是东方式的古典婉约，有种难以言喻的温柔。就像她家喻户晓的那首《甜蜜蜜》。

甜蜜蜜，你笑得甜蜜蜜，好像花儿开在春风里。

一听到这首歌，我就会想到邓丽君，只有她那样的笑容，才真的像花儿开在春风里。

可她的人生，并不像她的歌声那样甜。

她比大多数人更早地尝到了人生的苦头，正如作家韩松落所说，贫寒是她性格的底色，这一切都来源于她幼时家境的困窘。

她出生在一个军人家庭，上面有三个兄长。那个时候的军人家庭生活普遍困顿，再加上父亲曾投资粮店失败，邓丽君小小年纪就和兄长一起去天主教堂做礼拜，只因为教会定期发放白米、面粉等食物。

在学校读书时，由于外省人的身份，同学和老师对邓丽君并不友好。她后来回忆说，在学校，她是不被优待的学生，老师看不起她，同学也常常捉弄她，有调皮的男生甚至把她的头发绑在椅子上，等待下课起立时听她发出惊叫声。

有些家庭尽管贫困，还是会把女儿宠成小公主，可邓丽君从来没有这样的待遇。据说邓父性格暴躁，视女儿为摇钱树，是他提出女儿中止学业，去酒馆饭店卖唱。

这些传闻是真是假已无从追究，可以肯定的是，邓丽君出道的年龄确实特别早。六岁时，她就开始登台卖唱；十岁时，她参加"中华电台"举办的黄梅戏歌曲比赛大会，一举夺得了冠军；十四岁时，她正式休学从艺，从此一头挑起了家庭的重担，将家中的父母兄长照顾得妥妥帖帖。

"娃娃歌后"的殊荣背后，掩藏着的是不为人知的心酸。对这些，邓丽君从不抱怨，在接受传记作者平野久美子的采访时，她说："我很喜欢唱歌，所以我只是为自己在唱歌而已，即使没有奖金，只要能唱歌，我就非常高兴了。"

喜欢唱歌是真的，通过唱歌来贴补家用也是真的。若不是家里实在困难，她大可不必早早休学，以至于日后以没读过多少书为憾。

现在人们爱说"原生家庭"，回顾邓丽君的一生，可以发现她毕生都在努力摆脱原生家庭留在身上的束缚。

她一度也曾经做到了。成年后的她，完全看不出是在眷村①长大的孩子。她得体、优雅，会说英语、法语、日语、马来语等十几种语言，喜欢玫瑰花，喜欢紫色这样富于浪漫气息的颜色，出入的是高级餐厅和时尚酒会，懂得品尝红酒，也敢于不穿内衣去餐厅用餐。

她是亲切的，也是得体的，"邓丽君"三个字成了清纯、优雅、高贵的代名词，多少人以模仿她的穿着和品位为荣。

那个时代还没有"逆袭"这个词，而她的前半生，生动地诠释了什么叫作"逆袭"。

从表面上来看，她已经突破了原有的阶层，实现了人生的跨越，谁也看不到，她的心里其实一直住着个缺爱的小女孩。

这个小女孩，六岁开始就站在舞台上，过早地品尝到了人世的艰辛。正因为这样的经历，她才能唱出《空港》中的沧桑。

———————————

① 眷村，在中国台湾通常是指1949年起至1960年代，为了安排从中国大陆各省迁至中国台湾的国民党军及其眷属所兴建的房舍。

-贰-

被穷养长大的女孩子，似乎注定了一生情路坎坷。

成名后的邓丽君，异性缘特别好。同样是殿堂级的"女神"，她和林青霞的风格是截然不同的，林青霞高高在上，可望而不可及，而邓丽君的性格和声音，任何人都可以接近。

也许正因为如此，她一生都不缺男人追求，事业如日中天时更是被一群男人环绕。追求过她的男人有大明星、大富豪，也有大才子。可这些男人在她身边来来去去，过尽千帆，没有一个驻留在她身边。

有的是因为命运的捉弄。

邓丽君最初的两段恋情，都以男方去世告终。

十八岁时的初恋是马来西亚企业家林振发，两人一度到了谈婚论嫁的地步。林振发是她的铁杆粉丝，她到马来西亚开演唱会时，他曾连续四十五天包下前三排请亲友来看。但是随着邓丽君事业的发展，两人分居两地，聚少离多，结婚的事情也搁浅了。几年之后，林振发因心脏病发去世，这段佳缘从此阴阳阻隔。

另一位是富家公子朱坚，他是邓丽君的好友加伯乐之一。早年，邓丽君正是在他的引领下出了第一张唱片，并演出了人生中唯一的一部电影《晶晶》。1972年6月16日，朱坚绕道香港探望邓丽君的时候，搭乘的班机在越南上空爆炸……

有的则是因为性格和身份上的差异。

邓丽君最出名的男朋友当属成龙大哥。两人都是大明星，外人看来两人十分登对，可这段恋情最终还是败给了二者性格的巨大差异。

他们是在美国相遇的，同在异乡为异客，一开始备感亲切，不久后却落得不欢而散。

在事事追求完美的邓丽君面前，成龙大哥深感压抑，他坦白说："她温柔、聪明、有幽默感，又美丽，她在服装和食品上的鉴赏力令人羡慕，她懂得在什么场合穿什么衣服、用什么饰品……说实话，我配不上她，或至少当时的我配不上她。她是典雅的化身，我却是个没有教化的粗鲁男孩，一心想做个真正的男子汉，说话没有分寸，能走路时却要跑；她总是穿着得体的名牌服装，我却穿着短裤和T恤就上街；她举止得体，礼貌周全，我对权威不屑一顾，常当着饭店经理和服务员的面做鬼脸，把脚放在桌子上。"

成龙大哥是有些大男子主义的，在和邓丽君交往的同时，他对林凤娇也有意，最终弃邓而选林，是因为邓丽君总是希望一个人和他在一起，林凤娇却能和他那帮小兄弟打成一片。

这段失败的恋情对邓丽君伤害挺深的，他们曾在一次颁奖晚会上重逢，主办方安排成龙大哥为邓丽君颁奖，当她走上台来，发现颁奖嘉宾是成龙时，大惊失色，一直往后退，流着眼泪不肯和他谈话。

漫漫情路上，压倒她的最后一根稻草，是和郭孔丞的那段情。

郭孔丞是马来西亚"糖王"之子，出身巨富之家。郭孔丞起初是很迷恋邓丽君的，两人在郭家的香格里拉酒店订婚，还请了媒体记者去见证。餐盘上放有歌迷请餐厅特别定做的纪念火柴盒，盒面上红底镶金字印有"邓丽君""香港"等字样，还印有黑字的"香格里拉饭店"。

订婚后，两人交换了戒指。那是邓丽君最为甜蜜幸福的一段日子，每次遇到友人，她都会伸出左手，展示无名指上戴着的戒指，开心地告诉对方："我订婚了。"

她连喜帖都预备好了，婚纱也准备好了，半路却杀出个程咬金。郭的祖母有着豪门巨族居高临下的习性，没等邓丽君进门就和她约法三章：一是要邓丽君提供详细的身家资料；二是停止所有歌唱演艺事业，专心当妻子；三是和演艺界断绝来往，和所有男性友人划清界限。

邓丽君听了郭孔丞转述其祖母的要求，一边摸着无名指上的戒指，一边流泪。她想在挽回这段感情的同时保持最低限度的尊严，于是向郭孔丞提出，至少让她灌灌唱片。几天后，郭孔丞带回答复：祖母没有同意。

最终，倔强的她选择退回了戒指。她对朋友说起这段往事，曾表示要嫁进郭家也是可以的，但不想被人看不起，不想遭人白眼。

没过多久，郭家再次在香格里拉酒店大摆婚宴，但这次主角不是邓丽君，而是一个日本女人。

邓丽君一生都渴望婚姻，最终却没有结过一次婚，这和她极度敏感、自尊心强的性格有关。敏感是柄双刃剑，它保全了她的尊严，却使她过于自保，从而封闭内心，很难和人建立深度的亲密关系。

出道以来，她致力于维护自己的完美形象，即使是在最亲密的男友面前也毫不松懈，从成龙大哥对她的描述就可见一斑。那些出现在她身边的男性，大多数奉她为"女神"，爱上的只是一个完美的幻象。

她不肯袒露自己最真实的一面，他们其实并不了解她真实的样子。这样的恋情，如同镜中花水中月，没有坚实的基础，所以很容易就烟消云散了。

与郭孔丞分手后，邓丽君心灰意冷，在接受访问时公开表示："我已经厌倦自我压抑，过去总是这也不行那也不行，总是自讨苦吃，现在我要为自己而活，喜欢做什么就去做……我已经三十岁了，希望自己具有成熟女性的魅力。"

果然，三十岁以后的邓丽君，活得有些"放飞自我"。

她六岁入行，在娱乐圈闯荡了这么久，早已心生厌倦，于是在盛年时急流勇退，渐渐淡出了娱乐圈。

她谈过很多次恋爱，交往的不是明星就是富豪，可这次，她只想和一个名不见经传的小人物，谈一次不以结婚为目的的恋爱。

　　她人生中最后一个男朋友叫保罗，比她小十六岁，是个法国摄影师。他们在法国第一次相识，她就对朋友说："这个男生好帅！"

　　朋友们都不看好他，觉得他配不上她。她不听，偏要跟他在一起，只是从不向朋友介绍他，记者问到他是谁时，她通常回答说："一般朋友。"

　　告别歌坛的她，常年在国外漂泊，住得最久的地方是泰国清迈。据说大陆央视曾想请她上春晚，她婉言拒绝了，理由是长胖了，怕破坏歌迷心目中的形象。

　　在生命中的最后几年，她僻居于清迈，住在酒店里，很少和人来往，任由自己一点点吃胖。这样的生活方式，与其说是放飞自我，倒不如说是自我放逐。

　　最后，她由于哮喘发作，溘然长逝，年仅四十二岁。死时，她身边没有一个亲人，保罗闻讯而至，脸上没有一滴眼泪。

　　她的声名在她死后达到极致，人们好像再次发现了她的歌声，一代代华语歌手争先恐后向她致敬。

　　成龙大哥专门为怀念她出了一张专辑，还特意利用高科技和邓丽君对唱《我只在乎你》。歌曲之前，他深情地加了段独白："爱过的人，错过的魂，曾经拥有，就是永恒。"

　　可这又有什么意义呢？所谓伊人，早已长眠，身后再多的风光和怀念，也慰藉不了她生前的寂寞。

　　邓丽君的情歌中，有一首比较冷门的叫作《奈何》。亦舒的小说

《玫瑰的故事》中，男主角家明喝醉了酒，抑制不住对玫瑰的思念，酒后兴起总是不停地唱这首歌。

　　有缘相聚又何必常相欺，到无缘时分离又何必常相忆。
　　我心里有的只是一个你，你心里没有我又何必在一起……

世间情爱，大多如此，在一起时不珍惜，失去后才徒唤奈何。

邓丽君的很多歌，年少时是听不出深意的，等到听懂之后，早已是沧海桑田，不复青春。

-肆-

对于出生于二十世纪五十年代、六十年代的人来说，邓丽君已经成为一种情结，黄健翔说得好："苦难深重的中华民族，有邓丽君的歌声，是神赐的福祉。"

对于我们这些出生于二十世纪八十年代、九十年代的人来说，听邓丽君则往往是一种情怀，犹记得某年某月某日，我在贵州一个小县城，对面的店整天放着邓丽君的歌，配合上当时离乡的凄清，只觉得缠绵入骨，顿时爱上了她的歌声。

进入二十一世纪后，流行歌曲越直白就越能击中现代人浮躁的心，每个人都无比焦虑，每个人都争分夺秒，甜歌已抚慰不了我们日益焦灼的心灵，我们需要的是刺激，是宣泄，是一览无余。

邓丽君清甜的歌声，注定只能成为我们记忆中的经典，与这个飞速发展的时代背道而驰，一曲微茫渐难闻。

微启示

对于全世界的华人来说，邓丽君是兰花，是最后的古典，任何人都可以从她的歌声里找到安慰，除了她自己。

她把欢乐带给了无数人，可惜的是，她一生中并没有多少真正快乐的日子。连她的好友林青霞都说："她会把朋友照顾得无微不至，却从不肯把自己心里的苦和孤独让朋友分担。"

既然如此，又何必去戳穿她光鲜外表下的千疮百孔呢？聪慧如她，比大多数人更早就参透了人生是苦的真谛，只是她愿意将苦水咽下，将快乐呈现。

愿你我的人生，都能像她在《漫步人生路》中所唱的那样："愿将欢笑声盖掩苦痛那一面，悲也好，喜也好，每天找到新发现。"

人生很多时候都是苦的，正因为如此，我们才要学会苦中作乐。

夏梦：那些都是很好很好的，偏偏我不喜欢

——但凡未得到，总是最登对①

夏梦去世了。随手一搜有关她的新闻，都是和金庸有关的。她曾是赫赫有名的"长城三公主"之首，被称为"香港影坛第一美人"，可如今，人们往往只知道她是"金庸的梦中情人""小龙女、王语嫣的原型"。

和她同时代的明星，有的不幸早逝，如林黛，有的早被淡忘，如石慧，唯有夏梦仍被人们提及，只因为她的名字和金庸绑在了一起。电影《黄金时代》中，萧红说："后世不一定记住我的小说，但一定会流传我的绯闻。"

这个原则同样适用于夏梦，后世不一定记住她的电影，但一定会继续流传有关她和金庸的绯闻。

真不知以这样的方式被记住，对于夏梦来说是幸还是不幸，毕竟，金庸只不过是她漫长人生中擦肩而过的过客之一。

---

① 登对，表示合适、般配。

-壹-

年轻时的夏梦是很美的。

我第一次在网上见到她流传最广的那张玉照，心里不禁咯噔一声，暗叹世上原来当真有如此具有古典美的女子，恍若刚从大观园中走出来。她生得纤腰盈盈一握，偏偏上围丰满，身材玲珑得很。

夏梦不笑的时候有些清冷，眉眼间像是笼着一层如雾似烟的清愁。一笑则如春花绽放，说不出的明艳动人。

连亦舒都赞美她"宜喜宜嗔，娇嗔兼秀丽之姿"，让人见之倾倒。要知道"师太"可是轻易不赞美人的。

夏梦则是个美貌与灵魂兼备的可人儿，单说一件事，便可窥见她的灵气：夏梦这个名字是她为自己改的，取《仲夏夜之梦》之意，后来扬名影坛，这个名字着实为她增色不少。

夏梦十八岁入行，迅速征服了观众的心。香港长城电影公司当时力捧"长城三公主"，她则是名列榜首的"大公主"，主演的电影部部卖座，当时她参演的电影在上海一上映，上海人民为之疯魔，据说彻夜排队也要抢到电影票。

除了惊人的美貌外，夏梦给人深刻印象的还有两点：

一是够专情。

那个年代的娱乐圈和如今一样，盛传绯闻和滥情。偏偏夏梦出淤泥而不染，从来没有过"狗血"八卦，二十一岁就嫁给了富商林葆诚，两人白头到老，一生恩爱。她接受采访时曾说，平时除了拍戏，不应酬，不外出。这俨然是旧时代的玉女风范。

二是识进退。

她做明星时，在最红的时候急流勇退，随夫移民去加拿大。几年后重返香港，成立了青鸟电影公司，转型到幕后做了监制，许鞍华导演的《投奔怒海》就是她投资所拍，后来又拍了《似水流年》，拍了几部就此打住。青鸟电影公司拍过不多的几部电影都是现实题材的，不走商业化路线，更显得夏梦的确是个有头脑的美人。

她曾说自己处世的原则是"见好就收"，正因如此，人们会因她巅峰期在银幕上留下的最美的样子而永远怀念她，也会因为她监制的那几部小众电影而铭记她的才华。

写到这里，作为"脑残粉"，我不禁微微为金庸的眼光感到骄傲。到底是"金大侠"，让他仰慕终生的女人岂会简单到只剩下美貌？论姿色论才华，夏梦比之他笔下的那些美女，实在是有过之而无不及。

—贰—

金庸和夏梦的一段情，至今依然为人们所谈及。

金庸是个不折不扣的"颜控"，这一点读过他小说的人应该都看得出来。他娶的三任妻子，都是货真价实的大美人，有的灿若玫瑰，有的秀若芝兰，可以说各有特色。

坊间一直盛传金庸以已婚之身追求夏梦，其实金庸遇见夏梦时，是在第一次婚姻破裂后，关于这段婚姻，他不曾多说过，只在晚年接受采访时隐隐提起第一任妻子背叛了他。

还有个传说更属子虚乌有，说金庸和夏梦在咖啡馆中执手相看泪眼，夏梦动情地说："恨不相逢未嫁时，今生今世已经不可能，只盼来生来世再续前缘。"

这句话，一听就像捏造出来的，而且捏造得极为拙劣。夏梦以清冷自持，怎么可能说出这样的话来？何况她明明认识金庸在先，嫁给林葆诚在后，哪来的恨不相逢未嫁时？编这话的人一定是受琼瑶剧影响太深了。

所以说起来，他们初相逢时，一个离了婚，一个正单身，时机还算刚刚好。"颜控"金庸一见夏梦，不禁惊为天人。

武侠小说中描写男子见到漂亮女子时最喜欢用"惊为天人"，但到底是怎么个惊法呢？不妨参看段誉初见王语嫣时金庸层层递进的描写。

段誉未见其人，先闻其声，只听了王语嫣一声叹息，一颗心就怦怦跳动，心中直想："这一声叹息如此好听，世上怎能有这样的声音？"

然后见到的是王语嫣的背影，只觉得她身旁似有烟霞轻笼，当真非尘世中人。

接下来才见到王语嫣的形貌，书中写道：

> 他忍不住"啊"地一声惊噫，张口结舌，便如身在梦境。

我们不妨把上文中的段誉替换成金庸，把王语嫣替换成夏梦，再来读这些片段，能体会到两人初见时夏梦是如何个美法，金庸又是如何神魂颠倒。

那时候，夏梦是红遍香江的大明星，金庸则只是个初出茅庐的小编剧。为了接近他心目中的神仙姐姐，金庸使出了浑身解数。

一向自诩拙嘴笨舌的他，见了夏梦突然福至心灵，说出了最美的情话："西施是怎样美丽，谁也没有见过，我想她应该像夏梦这样才名不虚传。"他还说，"生活中的夏梦真美，其艳光照得我为之目眩；银幕上的夏梦更美，明星的风采观之就使我加快心跳，魂儿为之勾去。"

他为她操刀写剧本，两人先是合作了一部《绝代佳人》，说的是信陵君和民女恋爱的故事，正是金庸拿手的以历史背景说言情故事的题材。戏里戏外，夏梦都是他心目中的绝代佳人。

这部电影大获好评后，他又为她量身定做写了一部《眼儿媚》。

多少年后，人们早已不记得这部电影的内容，却记住了"眼儿媚"三个字——段誉遇见王语嫣后，在梦茹山庄中细说茶花谱，其中有一株茶花就叫作"眼儿媚"。那双秋波善睐的明眸，一直印在他的脑海中，最终化为了梦茹山庄的那株"眼儿媚"，开在了万千读者的心中。

可见念念不忘，必有回响。

他借报纸上的专栏一再向她示好，在《三剑楼随笔》中故意俏皮地提及，法语中表示"动人的、可爱的"的词语与"夏梦"二字谐音。

他还特意为她导演了一部电影《王老虎抢亲》，被人视作对夏梦发起的最后进攻。

如此风雅的示爱方式，夏梦却丝毫不为所动，而是选择嫁给了商人林葆诚。两年后，金庸娶了朱玫，两人自此后以朋友相处。

金庸始终关注着夏梦。她移民加拿大时，他特意写了一篇诗意盎然的评论为她饯行——《夏梦的春梦》；她去欧洲旅游，他特意在《明报》为她开辟了旅游专栏，可谓绝无仅有；她重回香港时，也得到了《明报》大篇幅的报道。

他对她的倾慕持续了大半生，可她始终都是淡淡的。旁人问起金庸，她就说："我不大看武侠小说的。"旁人告诉她："你是小龙女王语嫣的原型。"她就微笑着回答说："我没那么好。"至于他为她精心打造的那部《王老虎抢亲》，她坦率表示自己压根儿就不喜欢那部电影。

或许，只有完全不爱一个人时，才会这样彻底不动声色吧。

金庸后来声名鹊起，夏梦却没露过半点后悔的口风。她对他的感觉，就像《白马啸西风》中李文秀说的一样：**那些都是很好很好的，偏偏我不喜欢。**

金庸和夏梦的一段情，说到底只不过是场单恋，从头到尾都是一厢情愿，唯其旷日持久，轰轰烈烈，也称得上是"痴心情长剑"了。

-叁-

幸好对于文人来说，任何一段感情都不会浪费，夏梦的影子散落在金庸很多本小说里，几乎无所不在。

人们争论到底夏梦是金庸小说中哪个女主角的原型，其实与其说她是其中哪一个，倒不如说她是她们所有人的总和。黄蓉有她的明艳，小龙女有她的清雅，王语嫣和她一样性子淡淡的，而几乎所有女主角都具有和她一样的特征——肤白胜雪，笑靥如花，清丽不可方物。

除了黄蓉，小龙女、王语嫣加上香香公主都属于金庸小说中独成一系的"禁欲系"女神，她们是"仙女"，天生散发着一种禁欲的气质，只可远观而不可亵玩，任是无情也动人。而金庸小说最可爱的偏偏是那些"妖女"，黄蓉、赵敏、何铁手等，一个个活色生香，远胜"仙女"。

这场单恋给金庸迷们带来的最弥足珍贵的馈赠，并不是那些美得木木的"仙女"主角，而是他笔下那些绝美的单恋。金庸是言情圣手，写尽了爱情的千姿百态，而其中最为动人、最为真切的则是单恋，尤其是男子对女子的单恋。

连三毛都说："金庸小说的特殊之处，就在于它写出一个人类至今仍捉摸不透的，既可让人上天堂又可让人下地的'情'字。而不了解金庸与夏梦的这一段情，就不会读懂他在小说中对情缘的描写。"我们为什么会被这类感情深深打动？可能就是因为我们心中都深埋着求而不得的那个人吧。

金庸小说中有两个情圣，男为胡逸之，女是程灵素，两个人都曾经毫无指望地爱过一个人。

程灵素就不用说了，爱胡斐爱得连命都不要了，明明知道他不爱自己，还是心甘情愿为他送了命。

胡逸之的知名度相对小些，这个人更为惊世骇俗，本为武林第一美男子，竟甘为陈圆圆仆役，二十三年跟随其后，只求能偶尔看到她的笑脸，听到她的声音。

这两位单恋者的境界实在是太高了，令人高山仰止，却无法生出太多共鸣，毕竟这么高风亮节的事，我们寻常人是干不出来的。就算是段誉那样的，见了神仙姐姐百般委曲求全，把身段放低到尘埃里去，我们也很难做到。

令普通人更有共鸣的单恋，往往是那种无数次想要放弃，无数次又不舍拾起的，千回百转，都是一个人的内心戏。从这类型情感纠葛中，恰恰可以窥见一点金庸当年苦恋夏梦的心路历程。

就像余鱼同对骆冰、令狐冲对岳灵珊那样。

余鱼同算是金庸第一部小说《书剑恩仇录》中的第二男主角，写这部小说时，金庸正为夏梦痴迷，有个叫陈家洛的摄影师常为夏梦拍照，金庸就用他名字的谐音作了男主角的名字，是顺手还是刻意为之，让人深思。

对余鱼同这个角色我已无太深印象，只记得他爱上了义兄的妻子·骆冰，每天都梦见她千百回，醒来后就直骂自己是禽兽，如此反反复复，直到有一天听到酒楼有人唱道"你既无心我便休"，这才幡然醒悟。

骆冰生得娇俏，见人一脸的笑，明明对他无意，看着也像有情。夏梦不也如此么？

余鱼同，与予同，也就是和我一样。和我一样痴，和我一样傻。金庸把这么曲折难言的心思都写进了书里，偏偏那个人连武侠小说都不大读，又有什么用呢？

余鱼同最终还是放下了，令狐冲则一直都舍不得放下。

"知乎"上有一个热门问题：金庸小说中有哪些不易发现却很打

动人的小细节？其中有一个昵称叫唐棣的"知乎"网友给出的答案获得了最多赞同。

　　　　突然之间，四下里万籁无声。少林寺寺内寺外聚集豪士数千之众，少室山自山腰以至山脚，正教中人至少也有二三千人，竟不约而同地谁都没有出声，便有人想说话的，也为这寂静的气氛所慑，话到嘴边都缩了回去。似乎只听到雪花落在树叶和丛草之上，发出轻柔异常的声音。令狐冲心中忽想："小师妹这时候不知在干什么？"

这时令狐冲正率众去少林寺营救任盈盈，大战在即，他却没来由地想起了小师妹。群众的眼睛是雪亮的，不止一个人指出，纵然他最后娶了任盈盈，日思夜想、念兹在兹的始终只有一个小师妹。

"知乎"网友唐棣对令狐冲的心情注解最为传神："我想做一百件事留住你，但其实我做一千件也留不住你。更让我难过的是，我连一件事也做不了，只能在平淡无味的生活的间隙里想一想，你此时在做什么呢。"

夏梦移民加拿大后，金庸是否也和令狐冲一样时不时想起：她这时候不知在做些什么。

余鱼同尚且领悟到"你既无心我便休"，令狐冲也好，金庸也好，却都更为执着，对于心中佳人，你虽无心，我亦难休。

金庸曾经公开说："对于我来说，一个人最重要的是自由，我年轻的时候追求过一个女孩，那个女孩绝对不爱我，我非要爱她不可，我便非常不自由，如果我能够不再爱她，那么我就自由了、解脱了，但这样做是很难的。"

能够这样开诚布公的人，至少是坦荡磊落的。金庸苦恋夏梦，令狐冲苦恋岳灵珊，都是光明正大人尽皆知，从不遮遮掩掩，他们似乎从来没有考虑过这样做会丢了面子，结果果然没有丢面子，反而让人忍不住赞叹一声"人间自是有情痴"。

令狐冲一生何等好强，可与岳灵珊比武时，见她一颗泪珠压弯了青草，便拼了这条命也要哄得她破涕为笑。

小师妹没有任盈盈美，小师妹变了心，小师妹嫁了别人，可那又如何？她仍然是他最想疼爱的那个人啊。

都说小龙女、王语嫣像夏梦，却很少有人指出岳灵珊与夏梦相似。夏梦最爱着青色衣裳，而岳灵珊出场时，正是一袭青衣。岳灵珊的娇俏灵动，也和夏梦相似，连她们嫁的人都是姓林的。

金庸或许对夏梦嫁给他人心怀不忿，所以他对笔下抢走女主角的男人特别狠。慕容复疯了，万圭中毒了，林平之干脆挥刀自宫。金庸对林平之确实够狠，也不让他和岳灵珊洞个房后再自宫。岳灵珊被林平之一剑杀了后，令狐冲伤心欲绝，觉得整个世界都随着她离去了。这段文字让人不忍心读下去，我每读一次都必会落泪。

比较起来，倒是金庸幸运一些。佳人虽远渡重洋，他毕竟还能远远地眺望着她，隔着山，隔着海，隔着悠长岁月。

微启示

夏梦当时芳华绝代，为之倾倒的人当然不只金庸一个。有个叫岑范的导演比金庸还要痴情，为了她终身不娶，他晚年曾对人说："你知道，遇到过夏梦那样的女子，是没有办法再爱上任何人的。"

金庸倒是结了婚，而且还不止一次。他自己也在电视上说："一生只爱一个人，我做不到。"不知他对着比他小三十岁的娇妻，会不会像令狐冲对任盈盈，纵然是举案齐眉，到底意难平。

还记得《天龙八部》中有高僧提醒段誉说：须知美女，身藏脓血，百年之后，化为枯骨。段誉闻言心想，神仙姐姐即使化为了枯骨，那也是美得不得了的枯骨吧。

红颜弹指老，刹那芳华。

如今，金庸倾慕了半生的那个人也将化为枯骨，不知他是否会像段誉一样痴，幻想着那必定是美得不得了的枯骨。

还好，他用一支笔封存了她最美丽的样子。写书的人已经老了，读书的人也将老去，小师妹和骆冰们却永远都不会老，在他的书里，在他的心上。

梅艳芳：我有花一朵，长在我心中

——任何人的归宿都只是自己

2003年的冬天特别冷，可能是因为流年不利，先是"非典"，然后又传来了"哥哥"张国荣去世的消息，接下来是梅艳芳去世。

年末的一天，长沙的大街小巷忽然传来一首粤语歌迷耳熟能详的歌曲——《夕阳之歌》，我不知道发生了什么，跑进网吧查了才知道，那天正是梅艳芳出殡的日子。

《夕阳之歌》的曲调本就凄婉，配上演唱者梅艳芳不幸早逝的消息，更是令人倍感凄厉。电台在放歌的同时穿插一些对她身世的报道，说她四岁登台，情路坎坷，最后只得把自己嫁给了舞台。

我当时并不是她的歌迷，却也怔怔地流下了眼泪。我对她的了解，是在她去世后一点点深入的。越了解她，就越为当初对她那种廉价的同情而感到羞愧。

人这一生是否精彩，本就不应该以生命的长度来衡量。有一种人，尽管活得不长，却真正做到了不负此生。

梅艳芳就是如此。

—壹—

誓言幻作烟云字，费尽千般心思；

负情是你的名字，错付千般相思……

很多人对梅艳芳的第一印象是凄艳，这要拜她所演的《胭脂扣》所赐。她一生中演过那么多角色，只有如花这个角色像是为她量身定的。

她演的如花，穿一件松松的旗袍，黝黑的大眼睛，非常美，也非常艳，可那美艳中始终带着一丝凄楚。

受角色影响，我一度总觉得现实中的她也应该像如花，是应该入"薄命司"的。

她的面相，看上去就给人一种薄命的感觉，尽管长得不差，却不是老辈人欣赏的那种喜气洋洋的美，她脸太瘦，嘴太薄，鼻子又太挺，据说这种脸相的人性格强势积不住福气。

她的身世，更是给"薄命"两个字做了佐证。

她出生在单亲家庭，四岁开始就和姐姐在荔园游乐场卖唱，人生短短四十年，有三十六年身在鱼龙混杂的娱乐圈。圈中是非多，江湖风波恶，一个无依无靠的女子，可以想象她经历了多少艰辛。

好不容易熬出头，成为与谭咏麟、张国荣三分歌坛的大姐大，却不幸得了宫颈癌，早早地在四十岁就去世了。

她身后也不得宁静，亲人时不时出来争家产，甚至扬言要将她的贴身衣物拿去拍卖。

偏偏她又唱过一些诸如《女人花》之类的歌曲，更为她的恨嫁与单身蒙上一层凄迷之色。有些只听过她国语歌的听众，很容易将她与怨女画上等号。

如此坎坷的身世，即便不是她的歌迷，也忍不住为之掬一把清泪。

观梅艳芳这一生，她绝非寻常的苦命女子。若只是薄命，香港不会有那么多人爱她。

-贰-

梅艳芳所在的年代，正是香港娱乐圈的黄金时代，"霞玉芳红"至今令人怀念不已。

香港出产过那么女明星，可只有一个梅艳芳被称为"香港的女儿"。

一方水土养一方人，从台湾过来的林青霞、王祖贤等人梦幻、纯情，一身文艺气息，从国外归来的张曼玉、叶倩文等人则火辣、简单，一身洋妞做派。

梅艳芳和她们都不一样，她是土生土长的香港人，生于斯，长于斯，是个最纯正的"港女"。

"港女"是什么样子的？这从我们小时候爱看的TVB剧集中可见一斑。

在那个年代，TVB向我们普及了什么叫作独立女性，她们硬朗、干练、专业，有一份热爱的工作，自己挣钱买花戴。她们从不幻想被白马王子拯救，更不会想着依赖男人，但一旦遇上相爱的男人，也能够安然洗手做羹汤，把他照顾得妥妥帖帖。

在那个盛行女孩要被当成公主宠的年代，港女们身上却没有一点公主病，在职场拼得像条汉子，回到家又能做个贤妻。香港是个中西交汇的地方，所以盛产神奇的中西合璧的女子，她们总是能集现代与传统于一身。

这就是"港女"，用张爱玲打的比方来说，港女就像糖醋排骨，味道再可口，骨头仍是硬的。

梅艳芳就是这种典型的港女，所以她身上既有非常现代的一面，是那个年代最流行、最酷的歌手之一，顶着"百变天后"的名头，一直是很多香港人心目中"有型"的代表；同时她又有相当传统的一面，比如重情重义，渴望婚姻，始终把家庭和友情放在第一位。

这样的梅艳芳，自然受到了香港人的爱戴，他们爱她，是因为她身上的"港味"契合他们的价值观。

梅艳芳的奋斗史也特别符合港人的期待，她出身草根，凭着自己的天赋才华与高超情商，从一个一文不名的卖唱小女孩蜕变成了叱咤风云的一代巨星，正如黄霑所云，"她的成功故事，正是香港人最爱的'褴褛到金镂'的典型代表"。

只有了解这些，才会明白为什么梅艳芳在香港具有那么崇高的地位，以至于逝去时被称作一个时代的陨落。

形容港女独特的性格，很多人喜欢用"硬颈"两个字，这个词是固执、倔强的意思，听着像个贬义词，实则暗含着些微的欣赏。

梅艳芳这个人，就是相当"硬颈"的。

她一生从不认命，在街头卖唱时就认定自己将来一定会当个大明星，去参加新秀大赛，以翻唱徐小凤《风的代价》一举夺冠，却并不愿意成为"徐小凤第二"，而是毅然走出属于自己的路。生了重病仍坚持去冰天冻地的日本拍广告，只为了自己承担昂贵的医药费，不愿向朋友伸手。

这种不认命的性格可以从她和家庭的对峙中看出，梅艳芳有一个不幸福的原生家庭，别人以她的血汗为生。出身于这样的家庭，她偏偏出落得豪爽大方，处处仗义疏财。都说原生家庭影响大，她就有这样的能量，凭着一己之力，活成了原生家庭的反面。

这种"硬颈"表现在她和别人的关系中，便成了主动付出、一力承担，就像刘德华评价她所说的："她的性格是宁愿天下人负她，不愿她负天下人的。"

她在圈中是出了名的讲义气，朋友多得数不清，回顾圈中岁月，她用了"友情岁月"四个字来概括。朋友们没有一个不说她好的，因为她是少有的具有侠胆义胆的女子，对朋友慷慨大方，从不计较。

大家一起在外应酬，有人来敬酒，她总是把姐妹们往身后一拉说"我来"，其实她酒量并不好。刘培基是她的造型师兼多年好友，她去世后，将两套物业留给了他。她和张国荣是很好的朋友，她在谁面前都像是大姐，唯独在张国荣面前安心做小妹，他们曾约好，若四十岁他还不娶、她还未嫁，两人索性在一起。

对喜欢的人，她更是倾其所有，不计回报。

她一生中有过很多段情，几乎每一段都是以她一开始无条件地付出，到后来带着伤痛离去为结局。就如她自己所说，每一次拍拖的时候，她都以为会是最后一个，可结果还是一场空。

她二十岁的时候，爱上了日本歌星近藤真彦。近藤真彦当时有一个公开的女朋友叫中森明菜，梅艳芳知道他有女朋友后，倍感痛苦，好友刘培基安慰她说："人只能活一次，你就自私一次吧。"听了好友的话后，她一头扎进了这段感情中，还特意跑到日本去买了房子，就在近藤真彦居所的附近。

结果中森明菜知道后割腕自杀未遂，近藤真彦无奈回到了正牌女友的身边，梅艳芳只好伤心地回到了香港。

她后来大热的《夕阳之歌》就是翻唱自近藤真彦的，陈慧娴也翻唱过，那个版本是我们更为熟悉的《千千阙歌》。

她被确诊罹患癌症后，鼓起勇气去日本看他，那一天正好是他的生日。她和往常一样打扮得光艳照人，开开心心地为他庆祝，看上去精神十足，一点都不像有病在身。

她的到来让他十分开心，直到后来她溘然离世，他才知道原来她是带病去看他的。

在近藤真彦之后她又爱过很多人，其中和赵文卓那一次最认真。

赵文卓是张国荣向她介绍的，当时赵文卓只有二十二岁，英姿勃发，她比他足足年长十一岁。由于年龄和地位上的悬殊，朋友们都不看好他们，媒体甚至攻击赵文卓借梅艳芳上位。可她还是很坚定地和他在一起，两人一度谈婚论嫁，她就是这样，爱就爱了，从不考虑其他。

她不介意，可惜文卓很难做到同样不介意。有一次，一个朋友无意间和文卓开玩笑，问他什么时候和阿梅结婚。他说，以我现在的基础，哪有能力养家？对方说，没关系呀，反正梅艳芳有很多钱嘛。这句话深深地刺痛了他。后来又发生了一些误会，导致两人分道扬镳。

多年后，梅艳芳谈起这段感情来遗憾地表示，这辈子最后悔错过的就是赵文卓，她说："如果时间可以倒流，我一定会解释清楚导致分手的那场误会。如果当年那么做，那现在我已经是赵太了。"

赵文卓则在很多年内对梅艳芳绝口不提，避免与她碰面，她重病时也没有去看她。面对负心的指责，他解释说："她怎么会让心爱的人看到自己那个样子呢？"

毕竟曾经爱过，他是真正懂她的，他知道，"硬颈"如她，一定只想把最美的样子留在他的记忆里。

最令人唏嘘的，是她和刘德华的一段情。

严格来说，是她对华仔的一片情，因为这是一场彻头彻尾的暗恋，自始至终都是她在单恋华仔。

她以自己的方式暗恋着他，他喜欢贝克·汉姆，她就剪了一个贝克汉姆那样的"碧咸头"；他开演唱会，她就坐在下面挥舞着荧光棒，陶醉得像个小女生；他想拿影帝，她就尽其所能去帮他找好导演、好剧本。她笑着说："我能帮他的都帮了。"她是如此"情到深处无怨尤"。

她以为自己把心事藏得很好，其实不过是掩耳盗铃，也许所有的暗恋都是掩耳盗铃。

大家都知道了她的心事，包括刘德华。她得了宫颈癌，第一个告诉的人是刘德华，他花了整整一个晚上劝说她接受治疗，最终她还是不肯手术，只肯化疗，因为怕切除子宫就再也生不了孩子，没办法再拥有自己的家庭了。

在她去世前一年，刘德华在演唱会上公开说："我，刘德华，爱梅艳芳一万年！"

台下的她别过脸去，悄然流下了泪水。

原来华仔什么都知道，他只是不想说出来让她为难，她也一样。

他是典型的"港仔"，她则是典型的"港女"，隐忍和克制是他们共同擅长的事。

-肆-

再后来，就是她的告别演唱会。

演唱会连开八场，每一场都座无虚席，观众们心中有数，这样"有料有型"的演唱会，看一场少一场。女明星那么多，像她这么一出场就拼尽全力，到重病时也毫不松懈的，只有一个。

她果然也没有让人们失望，造型仍是那么多变，唱腔仍是那么深情，后来大家才知道，她是依靠药物才有力气登台的。

在最后一场演唱会上，她穿着好友刘培基精心为她设计的婚纱，对万千歌迷说："我以为自己在三十岁前会结婚，但扑来扑去一场空。"

没有嫁给所爱的人，她索性穿着婚纱，把自己嫁给了舞台，她挥着手，对观众致谢说："还好，我拥有你们。"

这样的她，是落寞的，也是骄傲的。

舞台上的最后一次独白时，她已经形销骨立，仍然竭力维持着幽默感，和粉丝开玩笑。有人大喊"华仔"的名字，她也一笑而过，调侃说华仔是不可能的，不如耐心等贝克汉姆离婚嫁他好了。

看到这一幕，我终于明白了为何香港人这么爱她，以至于将她称作"香港的女儿"，不是因为她有多成功，而是因为她真的是香港精神的化身。所谓香港精神，就是这种逆境中力争上游，绝路时不忘调侃的精神吧。

她这一生，就像罗文在《狮子山下》（被称为香港市歌）中所唱的那样，"人生中有欢喜，难免亦常有泪，总算是欢笑多于唏嘘"。

好友李碧华评价她说，梅艳芳在生命中最后二个月，凭着钢铁般的意志，见了该见的人，做了该做的事，唱了该唱的歌，一切策划得圆满灿烂，作出最美丽的告别，还留下人人惊艳的夕阳红叶花魂写真。绝症难不倒她，她真的打赢了这场仗。

李碧华认为，梅艳芳给我们的启示是，人若坚强、不屈、自信，可以把坏事变成好事，把不幸化作大幸，把有限延至无限，把自己回向他人。

她还让我们懂得活在当下，珍惜眼前人，并展示了一个"透支"时间、精神、气力、才艺和艳丽的奇迹。

演唱会后一个多月，她因癌症并发肺炎不幸去世，年仅四十岁。人们相信，她一定是去天堂赴与哥哥张国荣的"四十岁之约"了。

从此以后，再也无人有信心像他们那样对着歌迷唱"颠倒众生，吹灰不费，收你做我的迷"。

微启示

在梅艳芳的时代，穿着婚纱宣布把自己嫁给舞台还是一件很稀罕的事。

"后梅艳芳时代"，越来越多的女人一个人拍婚纱照，举行一个人的婚礼，一个人将单身进行到底，时常有"她穿上婚纱与自己结婚"的新闻见报。

以前那个时代，做女人无论多么成功、多么优秀，都执着于找一个归宿，有一个家庭。梅艳芳就是如此。直到她的生命临近终点，她才隐隐有些放下的迹象，至少在她的告别演唱会上，她表现得已经看开了不少。

现在这个时代，对于一个女人活得是否足够好的评判标准逐渐多元化，人们不再因为一个女人没有结婚或者婚姻失败，就对她的人生一票否决。于是，女人们有了更多的选择，她可以结婚，也可以不结婚，可以生小孩，也可以不生，可以一个人精彩，也可以与全世界相爱。她们不再执着于寻找一个归宿，因为她们逐渐明白，任何人的归宿都是自己，根本不必对外寻找。

如果梅艳芳那个时候就能明白到这一点，那么她就不会对自己终生都没有结婚太耿耿于怀。反之，喜欢她的歌迷也大可不必太为她唏嘘。

嫁给自己爱的人是一种幸福，嫁给自己深爱的舞台，又何尝不是一种精彩？

王祖贤：任世界遗忘，直到路都湮灭

—脆弱的灵魂注定与幸福无缘

十四岁的时候夜读《聊斋》，忍不住把自己想象成寒窗苦读的书生，暗暗期待一位女子从残垣断壁的墙角飘然而过，自称是修炼千年的狐仙，眼波流转，巧笑勾人魂魄。

那时以为所谓狐仙女鬼，只是出于蒲松龄的想象，世上哪有如此烟视媚行的女子。

直到在银幕上见到了王祖贤。

不记得那是部什么片子了，只记得她穿一条极简约的白裙，每走一步都分外袅娜。一双剪水明眸看着你，像是有千言万语要同你诉说。

如果真有狐仙，一定就是王祖贤这种样子吧。一个美成这样的女孩子，又生在浮华的娱乐圈，照理说应该惹无数男性竞折腰。可她如流星划过天空，迅速从绚烂归于沉寂，最后的消息是隐于异国他乡。

从颠倒众生到孤寂一人，这中间究竟发生了什么？

-壹-

对于那些红极一时的女明星，观众总是喜欢用她们演过的经典角色来指代她们。

林青霞是永远的东方教主，赵雅芝是永远的白娘子，关之琳是永远的十三姨，翁美玲是永远的黄蓉，而王祖贤呢，则是永远的小倩。

《倩女幽魂》横空出世后，小倩就成了她的终身代号。

世上美丽的女子千千万，但几乎没有一个人像她那样，可以将女鬼的仙气与妖精的媚气集于一身。

巧的是，她演的角色不是鬼就是妖。她演女鬼的时候，寒意凛凛，她演妖精时，却妩媚至极。她那种剑眉星目的长相，本来是非常现代化的，可只要穿上古装，双眉描得入鬓，配上迷离的眼神，马上像是从《聊斋》里走出来的。

真正的美人是对比出来的，王祖贤美就美在她和任何一个女星站在一起，都毫不逊色，甚至隐隐然有些胜出。

在《倩女幽魂》里，她站在以美貌著称的李嘉欣旁边，被衬托得分外灵动；

在《东方不败之风云再起》里，她一身男装反串出场，竟和扮演东方不败的林青霞平分秋色；

在《青蛇》里，她和张曼玉站在一起，一眼就能看出她演的是白蛇，不单是因为服装颜色，更因为她演出了那种媚入骨髓的感觉。

这样的女人，是女人中的女人，古时候通常叫作尤物。用蒲松龄的话来说，"人间无此姝丽，非鬼即狐"。

天生丽质难自弃，王祖贤十几岁就进入了娱乐圈，十七岁拍摄处女作，二十岁就出演了人生最重要的角色——聂小倩。许多女孩渴盼终生的风光，她很早就领略到了，而且得来全不费工夫。

如此一帆风顺，但她并不骄傲，被记者问到为何会去香港拍电影，她坦白表示，其实自己是被一步步推着走的，开始是参加篮球比赛有人找她拍广告，拍完广告又有人找她演电影女主角，崭露头角后又被香港邵氏挖走。

其实，她的走红，离不开自己的主动争取。她说过："我从小想得到任何东西，都会积极努力争取，那种收获的感觉才像真实的。"

聂小倩这个角色，就是她拼命争取到的。当年徐克、施南生夫妇筹拍《倩女幽魂》时，众多女星跑到他们那去毛遂自荐。王祖贤也主动打电话给徐克夫妇，一开始被拒了，因为施南生认为她个子太高、太现代化了。

王祖贤不甘心，磨着徐克给了她一个试镜的机会。最终，一张定妆照赢得了徐克的心，直到多年以后，他还是认为，王祖贤是唯一一个素颜比化妆还漂亮的女星。

至今，在网络论坛，小倩仍是无数男性的"女神"。在韩国，人们形容一个女孩子长得好看，还是会夸她长得像王祖贤。

　　美丽如果和脆弱相伴是具有毁灭性的，身为一个美人，光美是不够的，还得拥有与美貌相匹配的勇气与定力，懂得拒绝诱惑，不怕屡败屡战，如此方能在这世间屹立不倒。

莫回首前路，莫留恋过往，这样才有可能遇到更好的人、更好的未来。

王祖贤之后，再无小倩。

-贰-

和演艺事业一样，王祖贤在感情的道路上也属于被推着走的一类人。

为什么？

身为一个美人，她的追求者数不胜数。和她齐名的女星关之琳就曾骄傲地宣称："从来都是男人追我，我不需要追男人的。"

王祖贤也是如此。从出道开始，拜倒在她石榴裙下的男人就如过江之鲫。黎明、梁朝伟、尔冬升等人都和她传过绯闻，称她为"男神收割机"毫不夸张。

这其中，和她纠缠得最久，也最广为人知的是齐秦。

"90后"们很少听齐秦的歌了，他们也难以相信，这个看上去一脸沧桑的中年大叔，当年也曾是清俊少年，以桀骜不驯和特立独行闻名，有着忧郁的眼神和孤独的气质。当他开口唱着"我是一匹来自北方的狼"时，打动了多少文艺女青年的心。

出生在台湾的王祖贤，想必也受过琼瑶小说的熏陶，当年也是女"文青"一枚，自陈选择男人看重才气多过财气。

齐秦对王祖贤应该早已钟情。那时他凭着一首《狼》风靡大江南北，公司为他量身定做一部以他为男主角的电影，并让他自己选女主角。他指名要王祖贤搭戏，因为觉得她身上有股清水出芙蓉般的气质，不像其他女星那样娇揉造作。

王祖贤应邀返台，齐秦为示尊重，特意去订了一大束花捧到机场，没想到一见面，王祖贤就毫不给面子地表示："我最不喜欢花了。"

气氛顿时尴尬了。

更尴尬的还在后头。导演问王祖贤对齐秦的印象如何，她直率地回答说："怎么这么矮？"

齐秦大哥也算是万花丛中过的风流人物，头一次见到这么不给他面子的女生，反而激起了他的征服欲，于是在拍戏期间频频向王祖贤示好。

在追求王祖贤的男性中，齐秦不是最帅的，更不是最有钱的，但肯定是最有才的。在片场朝夕相处了一段时间，他的才华和热情终于打动了王祖贤，王祖贤对他的印象开始有所改观。

两个人之所以发展成恋人，说起来王祖贤还主动些。后来她在接受《今夜不设防》访问时，就坦白说是自己酒后主动吻了齐秦，那是她的初吻。

她就是这样一个女生，寻常人很难入她的法眼，一旦看中了喜欢就说要，努力去得到，不问结果是劫是缘。

和一个歌手谈恋爱是件很浪漫的事，因为会收获很多首他为你写的歌。

齐秦为王祖贤写过不少的歌。

那时齐秦在台湾发展，王祖贤常年在香港拍戏，两人是典型的异地恋。相思让齐秦备受折磨，也给了他创作的灵感。一次，他因苦苦思念王祖贤，仅仅用十五分钟就写出了《大约在冬季》的歌词。

王祖贤的妈妈本来很反对他们在一起，听了这首歌后态度即刻转变了，因为她觉得"能写出这样温柔的词，这个人不会是坏人"。

齐秦说过，王祖贤是那种一定要有人接送、被人捧在掌心的女孩子，每次和她约会，他再忙再累，都要亲自接她出来，再亲自送她回去。

那是王祖贤最幸福的时期，她去上《今夜不设防》时，笑意满得都要从眼睛里溢出来，对着镜头憧憬地说："一个女孩子总要有个归宿，我想我肯定会结婚的。"

那个时候她还太年轻，根本不知道未来有什么在等待着她。人在年轻的时候，大多不知道未来有什么在等待着。

我们只是无端地感到快乐，以为会称心如意一辈子。

—叁—

　　和齐秦在一起的十五年内，他们分分合合了很多次。

　　就是在第一次和齐秦分手三年后，王祖贤和已婚富豪林建岳传出了绯闻。

　　这段恋情给她光明的前途蒙上了一层阴影，毕竟男方"使君有妇"，舆论对她太不利了。

　　实质上，王祖贤是有些感情洁癖的，她并无插足他人家庭的欲望。林建岳热烈追求她时，做出过很多一掷千金的疯狂举动，她开始并不为所动。直到他向她表示已与太太分居，她才同意和他交往。

　　他们的恋情曝光后，舆论一边倒地指责王祖贤，她没有为自己撇清，多年后提起林建岳，她也并无怨言，反而说"每个片段都是美好回忆"，又说"这是一种人生经历，不是坏事"。

　　不得不说，王祖贤是有些孤勇的。这样的孤勇，让她付出了巨大的代价。仅仅二十六岁，她就迫于舆论的巨大压力，选择了告别影坛，远走加拿大。她的明星生涯算是到此为止了，后来虽拍了部《游园惊梦》，也只是惊鸿一瞥。

　　留在台湾的齐秦，对抗失恋的方式是继续写歌，这次他写出的歌叫《不让我的眼泪陪我过夜》，适合每个失恋的人在深夜循环播放。

　　写歌的是他，被动的也是他，主动提出复合的却是王祖贤。几年后，她给他打电话说："我们还能在一起吗？"齐秦当然说："好。"

数日后，他们双双出现在东京羽田机场，齐秦霸气地对着记者宣告："我爱她三辈子！"她被他揽在怀里，脸上是久违的灿烂笑容。

她以为这次应该会修成正果了。

为了这段感情，他们都几乎拼尽了全力。

她因为林建岳的事声名扫地，他不计前嫌，写歌唤她回归；他闹出了私生子事件，她大度地发言挺他。

他发行新唱片，她就出演MV的女主角，在那首叫《悬崖》的歌里，她光着脚一路狂奔。他则鼓励她进军歌坛，并亲自操刀，帮她出了一张专辑叫《与世隔绝》。

但他们精心织就的爱情童话终究敌不过一地鸡毛。

就在齐秦宣布要去西藏结婚后几个月，王祖贤对外称"结婚是齐秦单方面的想法"，然后，她再次远走加拿大，不顾齐秦苦苦挽留。

关于分手，她说了一句很有哲理的话："与齐秦分手是跟今天的他分手，并不是和过去的他分手。"

他早已不再是过去的他，她又何尝是曾经的她。缝隙早已产生，裂痕日渐扩大，他们再也回不去了。她上电视节目时说，结婚是要找到一个和自己精神能够达成共识的人，找到的概率太小，所以很难结婚了。

所幸还有那些他为她写下的歌，珍存着他们最美好的回忆，那是他们爱情时代所遗留下的琥珀。

－肆－

　　从那以后，她果然过上了与世隔绝的日子。就像在专辑《与世隔绝》中所唱的，对于未来，她选择"任世界遗忘，直到路都湮灭"。

　　曾经住的是山顶豪宅，如今换成了两房一厅二十几平方米的酒店公寓；曾经穿的是锦衣华服，如今一袭布衣；曾经灯红酒绿，如今皈依佛门。

　　她任由自己素面朝天，甚至任由自己发胖，被媒体拍到了变胖的照片，她也一笑了之。

　　尽管如此，世界还是没有遗忘她。齐秦曾去加拿大找她，她避而不见。她每次现身，都会引起轰动。百度"王祖贤贴吧"聚集了一大批爱她的粉丝，有人留言说：真可惜我不能知道我的偶像最近好不好。这样也好，遇不见的，在时间里。王祖贤，我好想你。

　　最近看到她的消息，是在2016年年底，她的父亲出殡，她一袭黑衣、脂粉不施地出现在灵堂，仍旧是一头乌黑长发，戴着墨镜遮面。

　　有好事的记者问起她的感情，她平静地说："没有交男友，一切都是修佛。我想我的姻缘没有了，感情今生已经了了。"

　　还记得从前她说，一个女孩始终是要结婚的，我喜欢家庭。后来祖贤姐姐说，我的字典中没有"结婚"两个字，现在她说："感情今生已经了了。"

　　真令人唏嘘。

时光是如何划过她的皮肤，改变她的心境，只有她自己最清楚。

–伍–

　　也许王祖贤已在佛法中找到了宁静，可人们提起她来，总是会叹一声：真是红颜薄命。

　　俗话说：自古红颜多薄命。我曾经很难理解这句话，因为美貌对女人来说实在是上天赐予的最珍贵的礼物，我认识一位美女姐姐就曾坦白地对我说：一个女人只要长得漂亮，就会有各种各样的机会送上门来。

　　确实如此，可机会多了，诱惑也就多了，美女一生中遇到的诱惑可能是寻常女孩的数倍，它们出现时通常被包装得亮光闪闪，你无法知道里面到底藏着什么东西。从这个角度来说，美女受伤的可能性也远远大过普通女孩。

　　祖贤姐姐就是这样，齐秦和林建岳给过她的宠爱有多少，伤害就有多深。或许，她被人宠惯了，一旦宠爱不再就像从云端跌落，为了避免再次受伤，她索性不再恋爱。

　　美丽如果和脆弱相伴是具有毁灭性的，身为一个美人，光美是不够的，还得拥有与美貌相匹配的勇气与定力，懂得拒绝诱惑，不怕屡败屡战，如此方能在这世间屹立不倒。那些结局还算可以的美女，通常早已练就了一颗金刚心，受了伤之后，拍拍灰尘还能笑着往前走。

微启示

决定一个人薄命与否的，关键不是美貌，而是你的内心是否强大。娱评人黄佟佟在对比李嘉欣和王祖贤的命运时，就曾一针见血地指出："敏感与软弱的灵魂注定与幸福无缘。"

时针拨回到1989年，《今夜不设防》上的祖贤姐姐一脸满满的胶原蛋白，整个人美得闪闪发光，对着镜头说："这段时间是我人生最满足的时期，因为我又有爱情又有事业，什么都很顺利。"

那个时候她还太年轻，不知道上天赐给她的每一件礼物，或许都早已在暗中标好了价格。

张曼玉：谁说"女神"一定要优雅老去

——一直在成长的女人，才不会怕老

罗曼·罗兰有句名言说："大部分人在二三十岁时就死去了，过了这个年龄，他们只是自己的影子，此后的余生则是在模仿自己中度过。"

把"大部分人"换成"大部分女明星"同样贴切。通常女明星会在二三十岁时就有符合自己的"人设"，接下来的日子里，她们不遗余力地巩固着这个"人设"，日复一日地美丽，日复一日地精致，日复一日地完成大众对昔日女神的期待——"优雅地老去"。

"巨星时代"的那几颗遗珠，每个人都有自己的固定"人设"，林青霞永远优雅，钟楚红永远风情万种，王祖贤则是永远的小倩，但很难用一个词语来定义张曼玉，因为她本身是多义的，更因为她从来都不会囿于大众对她的角色定位。

从十九岁出道至今，张曼玉一直都勇于突破自己的固定"人设"，虽然现在已年过五十，仍然在不断蜕变。不管你喜不喜欢她，都会隐隐有些期望能见到她，因为你知道，只有她永远都会给你全新的惊喜。

当然你也许会觉得是惊吓，张曼玉可不管这些，她对当"女神"已经没了兴趣，她只想开开心心做自己喜欢做的事，和自己喜欢的人在一起，她已有资格任性。

-壹-

有两种活出自我的女人，一种从小就知道自己要什么，目标明确，个性鲜明；另一种一开始懵懵懂懂，后来愿景才慢慢变得清晰。张曼玉显然是后一种。

十八岁的张曼玉很平常。

这个自幼在英国长大的香港女孩，返港后在百货公司当售货员，笑起来露出两颗小虎牙，除了长得清秀点，完全是个泯然众人的姑娘。

用娱评人黄佟佟的话来说，像她这样姿质的香港女孩，在铜锣湾，扫扫能有一箩筐。

平凡女孩也有明星梦，十九岁那年，售货员张曼玉抱着试试看的心态参加了当年的港姐选举，成为那年的亚军，从而一脚踏入娱乐圈。

那个时代的女明星，演起戏来没有太多的选择，要么做花瓶，要么做打女。青葱时代的张曼玉，扮演的都是清一色的花瓶，知名男星都爱找她演对手戏，因为她长得美，但又不至于美得喧宾夺主，真是一个绝佳的陪衬。

还记得《警察故事》里，她站在成龙旁边，脸圆圆的，一笑就会露出两颗招牌小虎牙。蛮可爱的，也是蛮青春的，可仅此而已，在那些电影里，她的存在感太稀薄了，你甚至都记不清她的样子。

这个阶段的曼玉姐姐，看起来似乎胸无大志的样子，一心想着拍几部戏攒点名气就早早嫁人，对未来的规划是："我希望三十岁结婚，婚后不再拍戏。我常常想着，和丈夫住在一栋小房子里，前面是院子，后面也是院子，孩子在屋前屋后奔跑……我希望一生只结一次婚，结了婚就不要离婚。"

她当时想嫁的那个人，叫尔冬升。

这时的张曼玉选择男朋友，也是年轻女孩常用的那种标准，一定要高，一定要帅，一定要有才华。年轻时的尔冬升还没做导演，也是个明星，确实称得上高大帅气，一度瞧不上张曼玉。后来两人却因朋友介绍走在了一起。

这段感情从一开始就埋下了不对等的种子，她完全拿他当心目中的白马王子，他却顶多当她是只正在蜕变的丑小鸭。又帅又有才华的男人谁不爱呢？昵称"小宝"的他被女人宠惯了，似乎不懂得迁就与包容。

恋爱中的张曼玉把自己放在一个很低的位置，陪他去赛车，忍痛为他拔掉了小虎牙，两人吵架时，投降的多半是她。她这么委屈自己，看在他眼里却慢慢变得陌生，他后来回忆说："一个人，不管男的女的，如果他已经不喜欢另外一个人了，那她的样子、性情、对你的眼神全都会变，完全成了一个陌生人。"他说的是张曼玉，也是他自己。

那么全身心地喜欢一个人，分开了自然会很受伤。多年后，张曼玉提起尔冬升，仍然不无委屈地说："小宝实在太大男人。"

其实，刚开始在一起时，她已经知道他大男子主义了，只是那时她不仅不反感他，还为之着迷。

只能说，大多数女人在太过年轻的时候，往往并不知道自己想要的是哪种男人、哪种生活。直到时间教会她们。

贰

张曼玉的蜕变，是从《旺角卡门》开始的。

那一年她二十四岁，入行已五年，演过一大堆很美很天真的陪衬角色，没有一个能被人记住。她当然可以继续这样演下去，像与她同龄的很多女明星一样，凭着曝光度吸引粉丝，最终嫁入豪门。

可张曼玉走了另一条路，一条少有人走又有点危险的路，她决意不再做花瓶，她要做个货真价实的演员。

导演王家卫给了她这个机会，他一眼相中了这个简单的女孩，觉得她的身体充满语言，于是请她去做他戏里的女主角。

一部《旺角卡门》拍完，张曼玉突然开了窍，她头一次发现，原来自己居然是会演戏的，原来演戏是件这么过瘾的事。

从那以后，在演戏这条路上，她再没有让任何机会从自己的手边溜走过。从《旺角卡门》到《青蛇》，再到《甜蜜蜜》《花样年华》，她一路拿奖拿到手软，从一个被人嘲笑为毫无演技的人，渐渐成了演员中的演员、影后中的影后。

很多人都说作为演员的张曼玉很幸运，王家卫悉心调教她，关锦鹏、徐克等大导演也对她青眼有加。

可事实上，张曼玉之所以能成为影后中的影后，是因为她本身天赋惊人，又不惜力，遇到的角色都拼了命地去演。令她名声大震的《阮玲玉》，导演关锦鹏本来更看好梅艳芳，梅因故接不了，这个角色就落到了张曼玉头上，她一点不觉得这是导演在退而求其次，倾力演出了一个最神似的阮玲玉。

很多女明星非主角不演，她却愿意演配角。《滚滚红尘》和《新龙门客栈》中，她都甘于演女配角，结果绿叶太亮眼，反而抢了红花的风头。

她演谁就像谁，在电影里，她唱起山歌来，就是个风骚泼辣的老板娘；她穿上旗袍，便成了隐忍克制的旧上海少妇；她坐在黎明单车后哼着《甜蜜蜜》，俨然就是从内地过去的老土女孩李翘；在《东邪西毒》里她只用了一个背影，就诠释了什么叫作寂寞。

赵丹夸奖阮玲玉是个"天生的演员"，她当之无愧。

在香港女星中，张曼玉其实是个"异数"，因为大部分女演员都想做个女明星，唯独她只想做个演员；大部分女演员都想嫁入豪门，唯有她只想谈恋爱。

那些年里，张曼玉除了演戏外，就是在不停地谈恋爱。她恋爱不问对方身份地位，有感觉就好，恋爱对象有橱窗设计师、发型师、商人、普通白领、富家公子、演员、导演等。恋爱多了难免受伤，其中某一任还公开过她的情书，她痛过哭过之后，继续下一段恋爱。

—叁—

这其中最让人黯然伤神的，是她和梁朝伟的一段情。

他们认识得很早，那时张曼玉还是刚出道的新人，脸上肥嘟嘟的，让人想捏一把。梁朝伟则是当红炸子鸡，专演活泼跳脱的角色。

再相逢时，她脸上已褪去了婴儿肥，从无知少女变成了一个清瘦而别有风韵的女人，他也成了风靡万千少女的文艺影帝，以招牌电眼和忧郁笑容闻名，身边已有一位相恋多年的正牌女友。

这样的两个人，按说已经过尽千帆，难以轻易动心了。偏偏他们两个都心动了，还一发不可收拾。

若是其他人，就算相爱可能也要遮遮掩掩，可他们不管这些。于是，有人目睹，他们在拍戏间隙，骑着单车穿行在杭州的冬日街头；有人瞧见，他和她在头等舱里相依相偎，两人同盖一条毛毯，共饮一杯水。

那年的戛纳颁奖礼上，梁朝伟携新欢旧爱一起出场，左手拉着刘嘉玲，右手拉着张曼玉。有好事的影迷指出，他拉刘的那只手只是松松牵住，与张曼玉却是十指紧紧相扣。

他甚至公开说过，张曼玉是唯一一个能让他疯掉的女人。他在生活中有压力，都是跟她诉苦，只有她懂得他的苦衷。

他们两个人有着太相似的灵魂，一样的文艺范儿，一样的至情至性。在公众的眼里，他和她才是绝配。

结果却是，他选择了热闹的嘉玲姐。不丹那场婚礼更是热闹得举世瞩目，冷清的张曼玉被摈除在外，连请柬也没有收到一张。

如此轰轰烈烈，最终落得如此结局，不禁让人唏嘘：人们相爱的是一些人，结婚的则是另一些人。

谈及为何会分开，她总是说时机不对。影迷们为他们扼腕叹息，遗憾他们相遇得太晚。

可其实哪有什么相遇太晚，一切所谓的相遇太晚，归根究底都是爱得不够的借口。

他爱她，或许就像《花样年华》中的周慕云，爱苏丽珍并非爱得不顾一切。

"如果我有多一张船票，你会不会跟我走？"

周慕云这句台词曾经打动过无数人，但现实中，我们不得不承认，如果终究只是如果，就像过往的已经成为过往。

-肆-

张曼玉与梁朝伟合演的《英雄》，是她主演的倒数第二部电影。

之后她演了《清洁》，导演是她的法国丈夫奥利维耶·阿萨亚斯。这段婚姻维持了不到两年，以离婚收场，从那以后，她基本息影了。

像张曼玉这样的女人，息影当然不是为情所伤，她只是对自己的演员身份有点倦了，就像很多年以前，她不想再做花瓶。

人们都说她是天生的演员，可她自己觉得，如果一个人生是一个演员，死也是一个演员，那是多么乏味的事。

这次她选择去唱歌，在草莓音乐节上唱破了音，顿时嘘声一片，有人说"这是被上帝放弃的声音"，有人叫她"还是回去拍电影吧"。

老实说，我本人很喜欢她的声音，沙沙的，很性感，那首《如果没了你》我听了很多遍。但确实要承认，她在唱歌方面绝不像演戏那样有着过人的天分。

可她才不理会大众的呼声，照样唱她的歌，还拍了新的MV，听众说她唱歌走调，她就自我解嘲说："因为我并没有搜到在草莓音乐节上唱歌不跑调的技巧，所以我今天还是会跑调。"

对于粉丝的指责，她真诚地说："我演了二十部戏还被人说成是花瓶，请给我二十次机会唱歌。"

这是张曼玉式的任性。她之所以能够如此任性，是因为在此之前她已经攒够了任性的资本。有了演员张曼玉的辉煌历史，人们才愿意守在舞台下，陪歌手张曼玉去一次次勇敢地挑战自我。

俗话说四十不惑，五十岁的她，已经明确地知道自己要什么，并愿意为此付出代价。年轻时她对自己的期许，一条也没有实现，她离了婚，也没有退出娱乐圈。可那又怎么样呢？

张曼玉没有活成自己期待的样子，却活成了另一个最好的自己。

微启示

张曼玉，不管是二十岁、三十岁还是五十岁，胸口始终写着一个"勇"字。

大多数人活在规则之中，叛逆者挑战规则，只有她视规则为无物，达到了随心所欲的境界。她仍然活跃在大众视野之中，却早已挣脱大众对她的期许。她从来不会躺在过去的成就上晒太阳。

从她身上，我们可以看到，一个女人无论到了什么年龄，仍然可以活出全新的可能性。

　　通过她，我们发现了一个女人可以不结婚、不生子，可以任由额头上生出皱纹，可以年过五十仍然在谈恋爱，可以随性地游弋在天地之间。

　　最重要的是，即使活在一切规则之外，她仍然是我们的"女神"。谁说女神一定要优雅地老去呢？她早说了，美不是一切，美很浪费人生，人不是一定要美，而是要有味道。人人都怕老，她却说，"老不是一个问题，只要我做着自己喜欢的事"。

　　她怎么会怕老呢？她压根儿还在不断成长着。

　　五十岁的张曼玉，活得比年轻时还有味道。六十岁的张曼玉，又会带给我们怎样的冲击，依然让人期待。

朱茵：一万年太久，我只要现在
——放下过去，才能更好地前行

　　"我的意中人是一个盖世英雄，我知道有一天，他会在一个万众瞩目的情况下出现，身披金甲圣衣，脚踏七色云彩来娶我。"

　　紫霞仙子的这段经典台词，至今还在流传。人们一同记住的，还有那个紫霞的扮演者——朱茵。

　　戏里，紫霞说，她想嫁一个盖世英雄；戏外，朱茵却最终嫁了一个平凡的男人，只留下那个曾经和她在戏里戏外纠缠的男人一个人修炼。

　　二十年前，她离开他时，斩钉截铁地说决不原谅；二十年后，她终于选择了与他和解。

　　他的《西游》系列还在一部部地拍着，只是那里面再也没有一个叫紫霞的仙子。那一年，她在他的心头留下了一滴泪，直到很多年以后，他才发现，她是自己最难忘的那个人。

　　可惜，这世上并没有月光宝盒可以用来穿越时空。

　　错过的，就只能永远错过了。

-壹-

《大话西游》里的朱茵惊艳众生。

香港那么多女明星，她最当得起一个"俏"字。二十出头的朱茵，真是娇俏无双，她的美是流动的，一颦一笑、一举手一投足都具有勾人魂魄的魔力，随便截下几帧都是完美的动图。

有些女星美则美矣，毫无灵魂，朱茵却美得活泼，美得明快，美得灵气十足，巧笑倩兮，美目盼兮，"活色生香"四个字像是为她量身定做的。

有篇影评说："朱茵眼一眨，我的心就为之一颤。"

写下这句话的，肯定是个男影迷。

朱茵这种活泼灵动的长相，是很招异性喜欢的。相传她刚出道那会儿，拍戏休息时一堆工作人员围在她身边，只为了多看她一眼。她自己也说，一般男孩子认识她没多久，就会追她。

想当年，周星驰就是被她的美所吸引的吧。他曾经描述过梦中情人的长相：不要太高，但腿一定要长，头发要长，眼睛要大，性格要活泼开朗。

朱茵就像照着周星驰梦中情人的模样长出来的，难怪他一见之后就为之倾倒。

他们是在拍《逃学威龙2》认识的，那时，他已隐隐是一颗巨星，和周润发、成龙并称为"双周一成"，形成三足鼎立、称霸影坛的局面。她呢，还是个彻头彻尾的新人，刚刚二十岁，出演第一部电影就担纲女主角。

她在那部戏里还略显青涩，给人留下最深印象的还是她的美，二十岁的她，浑身都是青春气息，看向周星驰的眼神里有仰慕，也有初生牛犊不怕虎的挑衅。

戏拍着拍着，两人就弄假成真了。那时，他和女友罗慧娟的地下情已经维持了三年，就在拍了《逃学威龙2》的次年，他们对外正式宣布分手。显然，这和朱茵的出现不无关系。

每个爱上浪子的少女都以为自己与众不同，可以充当浪子的情感终结者，何况她还这么美，更是信心十足。

周星驰对她的好也坚定了她的信心，他教她演戏，带她去见家人，连他的母亲都说很喜欢她。

少女们不知道，浪子是不会为谁停留下的，除非有一天他自己感到倦了。但是很显然，周星驰远远没有到疲倦的年龄。

他们相遇得太早了。

—贰—

拍摄《大话西游》时，他们在一起正好三年。

在《大话西游》里，她的美貌与演技都达到了此生的巅峰。可美如朱茵，也没有打破男方"三年必痒"的魔咒。

现在回头看，朱茵在《大话西游》里的表演可以分成两部分来看。

在上半部分，她在抬头看他时眼睛都会发光，像是落进了星星，这不是演出来的，而是沉浸在恋爱中的女子特有的眼神。

到了下半部分，她的眼神开始变得黯淡，人还是美的，但美得有些憔悴，我始终忘不了她眼角挂着一滴泪，泫然欲泣的样子，那样子让人心痛不已。

直到后来她上电视接受访问，人们才知道，在拍这部戏的过程中，她正经历着此生最严重的心碎。

了解了这一切，才会明白为什么紫霞进入至尊宝心里，看到他心中原来装着另一个女人，黯然流下一滴泪时的表情会如此肝肠寸断。

那一刻，她不是紫霞，她就是她自己，为他和她逝去的爱情而哭泣。

她是真正深爱过他的，所以才会被问及分手原因时，当场泪洒记者招待会，她说："在这三年半的时间内，我流过的眼泪实在太多了，受的痛苦也太深了，总之人生恋爱应该尝到的喜怒哀乐，我已经全都尝过了。"

她出生于一个充满爱的家庭，父母十分恩爱，所以她对爱情的期待很高，没想到一开始让她笑的他，后来却总是让她哭。

三年里，他坚持把感情往地下发展，这种遮遮掩掩的感觉让她很难堪，觉得很没有尊严。他一次又一次伤害了她，让她深感"在爱和痛苦的天平上，痛苦的比重太大了"。

朱茵是倔强的，也是决绝的，当她发现这不是她想要的爱情，即使她还爱着这个男人，也毅然转身离去。

她花了整整三年时间才从失恋的痛苦中走出来。那段时间，她很消沉，也没有办法重新恋爱，她回忆说，就像一个人受了伤，得花时间把伤口中的脓挤出来才会完全复原。

分手后，她绝口不再提他，有记者问到他时，她当即变了脸色，怒斥道："别再在我面前提这个人。"

如此介意，可能正是因为曾经深爱过吧。那些分手后还能若无其事做朋友的人，多半爱得不那么深。

–叁–

分手很容易，只需一转身的工夫，放下却很难，常常要花费很多年。

能够放下的人，通常是因为遇到了更好的人，有了更美满的感情，朱茵就是如此。

她后来遇到的那个人，叫黄贯中。

这个名字对于内地观众有些陌生了，熟悉Beyond乐队的人才认识他，他是那支乐队的吉他手。

他们两个人的相识，全拜一只小狗所赐，是典型的"宠物情缘"。

朱茵在家门口捡到一只流浪狗，养了几个月后，发现是邻居黄贯中的，于是就送了回去。她当时想学作曲，常上门向黄贯中请教，一来二去，两人就相恋了。

如果把周星驰比作盖世英雄的话，那黄贯中就是"Nobody"，一个非常平凡的男人。一开始，他不太敢接近朱茵，觉得像她这么美的女人肯定是瞧不上自己的，没想到接触之后，发现她平易近人，这才走在了一起。

这个貌似平凡的男人，却给了朱茵有生以来最好的爱情。他很坦荡，追求朱茵时被记者拍到两人约会，他照样拉着她的手，还笑着向记者打招呼。比起前一段恋情的遮遮掩掩，黄贯中的敢作敢当让朱茵受用极了。

他们结婚后，黄贯中更是成了"炫妻狂魔"。星途坎坷的他有一句很出名的话："知道为何我一直那么倒霉，做任何事情都要付出比常人更多的努力吗？因为我的运气，全都用在朱茵身上了。"

他总是说，像她这么漂亮的女人不应该和他这种粗人在一起，因此，对朱茵，他十分珍惜，十几年如一日地爱着她、宠着她。

她喜欢吃牛扒，他为此练就了一身好厨艺，她怀孕的时候脾气不好，他就推掉工作待在家里挨骂，让她出气，还说："她不骂我，要骂谁？"

黄贯中的付出让朱茵学会了包容，他煎牛扒总会把厨房搞得满是油烟，她就在事后细细擦拭，还说每一个优点后面必然会产生缺点，要去接纳它。

跟他在一起后，她的笑容越来越舒展，整个人也放松了。曾经的忧郁一扫而空，她又恢复了明快爽朗的性格。2015年，在公众视线里消失了许久的她参加湖南卫视的《偶像来了》，人们惊喜地发现，她还是那么爱笑，还是那么快人快语。

曾经令人仰望的紫霞仙子从云端走了下来，开始落入凡尘，这未尝不是一件好事。

—肆—

分手二十年后，再次提起周星驰时，朱茵终于松口说，如果有好的作品，不会拒绝和他合作，随即补充说："既然已经找到了属于自己的灵魂伴侣，又何必在他人身上多费力气呢？"

这说明她真的放下了。

而他却似乎一直还停留在过去。

他曾经在电视节目上说过，遇到过那么多女孩子，唯一难忘的只有朱茵。分手后他一直忘不了她，还曾在台湾一酒店门口痴痴等她，盼能够再见一面，可朱茵得悉后特意走侧门避开了他。

在她离开很多年后，他拍了一部电影《西游·降魔篇》，舒淇饰演的女驱魔人姓段，他连个名字都懒得给她起，因为他知道名字没有意义，我们一看到段小姐，就会知道，她就是紫霞的化身。

白衣飘飘的段小姐在月光下唱起了国语版的《一生所爱》，据说这首词是他改编的，我想他只不过是借段小姐之口，唱出他对紫霞的怀念。

很多人说，《西游·降魔篇》是《大话西游》的前传，我却宁愿把它看成《大话西游》的续集：至尊宝在失去紫霞很多年以后，决定给她写一封情书，于是就有了这部电影。

对于一种人来说，爱人是用来怀念的，不是用来相守的，爱情是用来祭奠的，不是用来坚守的。这种人包括至尊宝，包括唐僧，或许也包括他。

片中段小姐说："我也有个小小理想，希望能碰到心目中的他，嫁个如意郎君，生个小小Baby。"遥想当年，紫霞的梦中情人可是一个盖世英雄，她期待他会身披金甲圣衣，脚踏七彩祥云来迎娶她。

时光过去了这么多年，女人的理想越来越务实，可是，他还是给不了，戏里戏外都给不了。

有人说，真正的艺术家都是冷血动物，他们把深爱献给了艺术，留给他人的只有冷漠。也许这话是真的。

现实生活中的他，顶着一头白发，落寞地坐在世界之巅，身边空无一人。恋人们都早已离他而去，他把那么多欢乐带给人们，自己却成了最孤独的"喜剧之王"。

他把他所有的深情都放在了电影里，他拍过那么多戏，最打动我的，还是至尊宝在夕阳下一人人远去，同时响起那首熟悉的《一生所爱》：

从前现在过去了再不来

红红落叶长埋尘土内

开始终结总是没变改

天边的你飘泊白云外

苦海翻起爱恨

在世间难逃避命运

相亲竟不可接近

或我应该相信是缘分

情人别后永远再不来

无言独坐放眼尘世外

鲜花虽会凋谢

但会再开

一生所爱隐约

在白云外

苦海翻起爱恨

在世间难逃避命运

相亲竟不可接近

或我应该相信是缘分

−伍−

"曾经有一份真挚的爱情放在我面前，我没有珍惜，等失去的时候才后悔莫及，人世间最痛苦的事莫过于此。如果上天能够给我一个再来一次的机会，我会对那个女孩子说三个字：我爱你。如果非要在这份爱上加上一个期限，我希望是……一万年！"

至尊宝对紫霞说的这段台词，曾打动了千千万万人，包括坐在小小录像厅里的你我他。

《大话西游》我看了很多遍，直到最近才看懂，这是一部关于错过的电影。至尊宝利用月光宝盒在时空中来来往往，终究还是错过了最爱的人。他以为他爱的是白晶晶，直到看见紫霞在他心中留下的那滴泪，才明白她在自己心中的分量。

《大话西游》中，至尊宝对着紫霞煽情地说"爱你一万年"，而到了《西游·降魔篇》里，段小姐对唐僧说"一万年太久，只要现在"。可惜的是，紫霞也好，段小姐也好，在等到了心爱的人吐出

"爱你一万年"的承诺后，都来不及消受了。

看到这里，就算是铁石心肠的人也难免唏嘘，为何总是要等到失去以后才懂得去珍惜。

幸好，朱茵不是她们，她比紫霞清醒，比段小姐幸运，她不要虚无缥缈的一万年，她只要今生今世。

微启示

朱茵是个向前看的人，错过的就当永远错过了，不会再想着回头。嫁不了盖世英雄，就嫁个爱她的平凡男人，两个人相亲相爱，将日子过得又美又暖。就算真的有月光宝盒，我想她也不会想着要穿越回去。

可那个错过了她的盖世英雄，一直没有翻篇，把自己困在了过去，在电影里重复着以前的桥段，仿佛在书写属于自己的《忏情录》。

作为一个看他的电影长大的粉丝，我多么希望他能够早日放下。

人生这么长，谁一辈子没错过几个人？在感情的路上，还是要学会向前看。

莫回首前路，莫留恋过往，这样才有可能遇到更好的人、更好的未来。

参考书目

三毛：《梦里花落知多少》，北京十月文艺出版社，2011年7月版。

三毛：《撒哈拉的故事》，北京十月文艺出版社，2011年7月版。

三毛：《雨季不再来》，北京十月文艺出版社，2011年7月版。

亦舒：《我的前半生》，新世界出版社，2007年8月版。

钟晓毅：《亦舒传奇》，广东人民出版社，2000年1月版。

黄佟佟：《最好的女子》，北京联合出版公司，2012年11月版。

琼瑶：《我的故事》，北京十月文艺出版社，2015年10月版。

李碧华：《胭脂扣》，新世界出版社，2006年1月版。

安妮宝贝：《素年锦时》，作家出版社，2007年9月版。

胡因梦：《生命的不可思议》，深圳报业集团出版社，2011年8月版。

李婍：《赵四小姐：战争成全的爱情传奇》，北京时代华文书局，2015年1月版。

陈丹燕：《上海的金枝玉叶》，上海文艺出版社，2015年8月版。

周伟：《周璇传》，时代经济出版社，2007年6月版。

朱映晓：《凌叔华传：一个中国闺秀的野心与激情》，江苏文艺出版社，2012年3月版。

凌叔华：《古韵》，山东画报出版社，2003年10月版。

金梅：《傅雷传》，北京航空航天大学出版社，2009年2月版。

张纯如、鲁伊：《蚕丝：钱学森传》，中信出版社，2011年4月版。

林青霞：《窗里窗外》，广西师范大学出版社，2011年9月版。

师永刚：《邓丽君全传》，北京联合出版公司，2012年8月版。

李展鹏：《最后的蔓珠莎华：梅艳芳的演艺人生》，香港三联书店，2014年7月版。